W0473551

Claudia Casanova

ALBAS SOMMER

Claudia Casanova

ALBAS SOMMER

ROMAN

Übersetzung aus dem Spanischen
von Sabine Giersberg

eichborn

Dieser Titel ist auch als E-Book erschienen

MIX
Papier aus verantwortungsvollen Quellen
FSC® C014496

Eichborn Verlag in der Bastei Lübbe AG

Titel der spanischen Originalausgabe:
»Historia de una flor«

Für die Originalausgabe:
Copyright © 2019 by Claudia Casanova
Copyright © 2019 by Penguin Random House
Grupo Editorial, S. A. U., Barcelona
Published by arrangement with
Hanska Literary & Film Agency, Barcelona

Für die deutschsprachige Ausgabe:
Copyright © 2020 by Bastei Lübbe AG, Köln
Textredaktion: Ilona Jaeger, Berlin
Umschlaggestaltung: Manuela Städele-Monverde
Satz: fuxbux, Berlin
Gesetzt aus der Plantin und der Klill
Druck und Einband: GGP Media GmbH, Pößneck

Printed in Germany
ISBN 978-3-8479-0054-2

1 3 5 4 2

Sie finden uns im Internet unter eichborn.de
Bitte beachten Sie auch luebbe.de

Für JER, auf ewig

Vielleicht aber sollten wir selbst den kürzesten Gang in einer besonderen Geisteshaltung vollführen: Stellen wir uns vor, er wäre ein Abenteuer, das kein Ende nimmt, bei dem wir damit rechnen müssten, dass wir nie heimkehrten und nur unsere einbalsamierten Herzen als Reliquien in unsere verlassenen Königreiche zurückgelangten.

Henry David Thoreau, Vom Wandern (1862)

Leicht ist das Leben für keine von uns.
Doch was nützt das, man muss Ausdauer haben
und vor allem Zutrauen zu sich selbst.

Marie Curie

Die Liebe ist eine köstliche Blume,
aber man muss den Mut haben, sie am grausigen
Rand eines Abgrunds zu pflücken.

Henri Stendhal, Über die Liebe (1822)

Lektion der Saxifraga:
zwischen Steinen
blühen,
sich erkühnen.

Ida Vitale

1
Die Braut

15. Oktober 1888

Der Brautstrauß wartet auf dem Tisch. Es herrscht vollkommene Stille. Jenseits des Fensters zeichnen sich die Hügel wie eine bunte Decke am Horizont ab. Vor vielen Jahren sah Alba diese Landschaft zum ersten Mal, und die Schneelandschaft von damals hat sich nun in ein Tal aus blauen und gelben Blumen verwandelt, ein einfaches Gewand für einen Landstrich, den sie niemals vergessen wird. Deshalb wollte sie unbedingt an diesem Ort heiraten, obwohl ihr künftiger Mann bereits eine Richterstelle in Mérida hat. Und tief eingeschlossen in ihrem Herzen gibt es noch weitere Gründe, von denen nie jemand erfahren wird. Sie betrachtet die Landschaft, die zu durchstreifen sie niemals müde wurde, und ihr Blick bleibt am Tal Valdecabriel in der Sierra de Albarracín haften. Hier wächst die weiße Blume. In ihren Händen, die in zarte Spitze eingehüllt sind, hält sie den Strauß. *Saxifraga alba.*

»Wolltest du denn keine Rosen, Kleines?«, hat ihr Vater gefragt.

»Rosen sind was für Feste«, hat sie geantwortet.

»Ist deine Hochzeit denn kein Fest?«

Solch eine Frage hätte ihre Mutter nie gestellt, aber Mercedes de Cararach ist tot, und die Welt hat sich verändert, seit sie fort ist. »Nun habe ich keine Mutter mehr«, hatte Alba sich am Tag ihrer Beerdigung immer wieder gesagt. Als hätte sie sich selbst davon überzeugen müssen, dass ihre Mutter nicht mehr da ist, weil es so unbegreiflich schien. Über Verluste muss man immer wieder sprechen, sonst bleibt die Leere bestehen.

Es klopft an der Tür. Das wird ihr Vater sein, um sie zur Kirche zu geleiten. Aber dafür ist es noch zu früh, die Sonne hat noch lange nicht den Zenit erreicht. Die Braut dreht sich um. Ein Mädchen steht im Türrahmen. Eines der Hausmädchen, fast noch ein Kind, das sich bei ihrem Anblick verneigt, als stünde Königin Maria Christina höchstpersönlich vor ihr. Und das kommt nicht von ungefähr: Die stille Schönheit von Alba Ruiz de Peñafiel scheint wie geschaffen für solch einen großen Tag. Sie trägt ein eierschalenfarbenes Seidenkleid, das für mächtigen Aufruhr im Dorf gesorgt hat, denn die Tradition verlangt, dass sie ein schwarzes Gewand trägt. Die Schneiderin, die ihr Vater eigens aus Madrid anreisen ließ, hat mehrfach betont, dass die englische Königin ein weißes Kleid getragen hatte, und das hat schließlich den Ausschlag gegeben. Die Mantille ist das einzige Kleidungsstück, das den Affront durch den hellen Ton abmildert: Sie ist aus silberfarbenem Brokat, wie es sich gehört. Am Morgen hat sich Alba ankleiden lassen, ohne den exquisiten Stoffen Beachtung zu schenken.

»Das wurde für Sie abgegeben, Señora«, sagt das Mädchen und legt einen kleinen Samtbeutel auf den Tisch. Danach verneigt es sich und verschwindet.

Alba legt den Strauß vorsichtig ab, streift den Handschuh von der rechten Hand und streicht über den schwarzen Samt des Beutels. Es befindet sich ein metallener Gegenstand von der Größe einer Mandel darin. Den Samt ziert eine Goldstickerei, die Umrisse einer Blume. Langsam fährt sie die Konturen nach. Ihre Finger zittern, als sie den Knoten des Bändchens öffnet. Die Textur des Samts weckt unwillkürlich Erinnerungen. »Ich habe noch nie in meinem Leben eine Samtweste gesehen«, hat sie damals gesagt. Sie schluckt, denn ihre Lippen haben lautlos den Satz geformt, als könnte sie wie in einer Beschwörung auch *ihn* herbeizaubern. Der Beutel enthält ein hochglanzpoliertes silbernes Schmuckstück, das im Sonnenlicht glitzert. In ihrer Hand nimmt es die Farbe ihrer nackten Fingerkuppen an. Es handelt sich um ein Medaillon mit einer eingravierten Blume, einer einfachen Blüte, wie die auf dem Tisch. Wie die Stickerei. *Saxifraga alba.* »Weiß, wie deine Haut«, hört sie ihn sagen, als raunten seine Lippen ihr die Worte ins Ohr.

Das Medaillon hat einen winzigen Verschluss, der mit einem leisen Kling aufspringt, als Alba ihn betätigt. Seine Augen, tiefblau wie das Meer vor dem Sturm, sehen sie an, auch wenn es sich um eine Schwarz-Weiß-Fotografie handelt. Der Anblick schmerzt, und das Silber brennt in ihrer Hand. Sie kann den Blick nicht abwenden. Auch nicht, als ihr die Tränen in die Augen schießen und über ihre Wangen kullern und den kostbaren Seidenkragen ihres Brautkleides beflecken. Alle Dämme, die sie mühsam aufgebaut hat, brechen. In dem Beutel befindet sich ein säuberlich gefalteter Zettel aus dem feinen, von italienischen Meistern gefertigten Papier, das sich ihr Vater für wichtige Verträge aus dem Ausland liefern lässt. Darauf Zeilen mit dicht gedrängten Lettern in einer schönen Handschrift. Der letzte Brief von Heinrich Willkomm.

Im unteren Geschoss der Familienresidenz warten die geladenen Gäste auf das Erscheinen der Braut, das Stimmengewirr hört sich an wie das Summen der Bienen in jenem Sommer.

2
Teruel

Winter 1875

Teruel liegt unter einer weißen Schneedecke, aus der die steinernen Zähne der Stadtmauer aufragen. Das Mädchen atmet tief die kalte, reine Luft ein und streckt die von der langen Fahrt steifen Glieder. Es ist der erste Winter, den sie dort verbringen, und der Himmel empfängt sie mit tiefgrauen Wolken, nur hier und da durchzogen von ein paar hellen Streifen. Der Rest der Familie kriecht wie ein schlaftrunkener Tausendfüßler langsam aus der Kutsche. Der Tadel ihrer Mutter lässt nicht lange auf sich warten:

»Alba! Was machst du denn da? Das ziemt sich nicht für eine junge Dame.«

Das Mädchen zuckt mit den Schultern, sie weiß, dass ihre Mutter recht hat und dass es sich nicht lohnt zu streiten. Sie hockt mit hochgerafftem Rock, die Knöchel deutlich sichtbar, und gelockertem Mieder vor dem Busch, weil sie sich nur so zu den Blättern vorbeugen kann, die ihr Interesse geweckt haben. Alba kümmert ihr Erscheinungsbild nicht sonderlich. Ihre Tournüre hat sie auf dem Sitz in der

Kutsche zurückgelassen. Ihre Schwester hält sie ihr hin und meint spöttisch: »Hast du nicht was vergessen?«

»Lenk mich nicht ab, Luisa«, murmelt Alba, ohne den Blick von der Pflanze abzuwenden. Sie streckt die Hand aus, trennt vorsichtig einen Trieb ab und steckt ihn in ihr besticktes Täschchen.

»Schade um die schöne Tasche. Immer musst du alles mit Dreck besudeln«, lästert Luisa und versetzt ihr einen liebevollen Stoß mit dem Ellenbogen. Alba schaut auf und lacht.

»Das sagt die Richtige!«, kontert sie und deutet auf Luisas tintenverschmierte Finger. Luisa taucht die Hände in den Schnee, der sogleich eine bläuliche Färbung bekommt.

»Luisa! Ist es denn die Möglichkeit!« Die Mutter eilt herbei und reibt die Hände an ihrem Rock, bis sie rot sind. »Wenn du dich erkältest, dauert es wieder Wochen, bis der Husten weg ist.«

Luisa senkt den Kopf und starrt auf ihre Füße.

Ihre Mutter erinnert sie nicht gern daran, dass sie so fragil ist. Luisa soll ein normales Leben führen wie alle anderen Kinder auch.

»Beeilt euch, Mädchen, sonst kommen wir zu spät.«

»Zu spät? Wohin? Hier bläst doch selbst der Wind langsamer.« Alba richtet sich auf und betrachtet den einsamen Ort, an dem es nichts zu geben scheint außer Stille und Schnee. Ein Rascheln aus dem Gebüsch am Wegesrand ist die einzige Antwort auf ihre Frage: Ein Rudel Hirsche flieht aufgescheucht in den Wald.

»Das ist nur so, weil die Berge noch ein Stück weg sind. Im Gebirge wirst du das nicht mehr sagen. Aber wenn ich mir den Himmel so ansehe, sollten wir machen, dass wir nach Hause kommen«, sagt ihre Mutter mit einem Blick nach oben. »Das sieht nach Unwetter aus. Und ich will alles fertig haben, wenn euer Vater kommt.«

Nach langen arbeitsreichen Monaten ist ein Brief des Architekten gekommen, der mit den Bauarbeiten an La Solariega betraut war, dem Haus, das sie in Valdecabriel haben herrichten lassen. Darin steht, bis auf den Anstrich, den er lieber den Hausherren und insbesondere dem Geschmack von Don Eduardos Ehefrau überlassen wolle, sei das Haus bezugsfertig. Unverzüglich hat sich Mercedes mit ihren Töchtern auf die Reise gemacht, um vor ihrem Mann dort zu sein, beladen mit Bettwäsche, Stoffen, Decken, Fellen und allem, was für die Ausstattung des Hauses dienlich sein könnte, das sie bald zum ersten Mal sehen wird.

Mercedes weiß, wie sehr ihr Mann die Gegend liebt, und dass sie sie schon allein deshalb auch lieben müsste, aber tatsächlich ist sie, auch über ihre Pflichten als treu sorgende Gattin hinaus, ausgesprochen angetan von Teruel.

Die schneebedeckten Gipfel erinnern sie an ihre

Zeit in Österreich. Als junges Mädchen schickte man sie dorthin auf ein Mädcheninternat, wo sie in den Genuss einer Bildung kam wie nur wenige Mädchen ihrer Zeit. Zu ihren wertvollsten Erinnerungsstücken gehören die Grammatiken der deutschen und der italienischen Sprache, und immer wenn sie die Bücher aufschlägt, hört sie die Stimmen von Frau Herschmeier und Signora Lucia, die unterschiedlicher nicht sein könnten: warm und resolut die der Deutschlehrerin und sanft und musikalisch die der Italienerin. Jeden Tag lasen sie zusammen Ausschnitte aus Büchern und Gedichte, jeder Nachmittag war ein wahres Feuerwerk von Namen und Klängen: Goethe, Hölderlin, Petrarca, Dante … Aber vor allem lernte sie in Österreich, Himmel und Erde zu betrachten; dort putzten die Jahreszeiten sich heraus, es war wie ein Freudenfest der Natur: Frühling und Sommer präsentierten sich in herrlichen Farben – die saftig grünen Hügel und die von Baum zu Baum fliegenden Vögel ließen sie die Entbehrungen des Winters vergessen, der trotz Schnee und Kälte stets eine schützende Hand über das Internat hielt. Als sie zum ersten Mal eine Mitschülerin den Hang auf Skiern hinabgleiten sah, dachte sie, das Mädchen würde fliegen. Bald darauf lernte sie selbst fliegen.

Durch den Aufenthalt in Österreich umgab Mercedes ein Hauch von Verwegenheit, der sie von den Bewohnern von Santa Ana del Campo, dem Dorf, in dem Eduardo geboren wurde, abhob: Man spürte, dass sie die Reinheit der Bergluft geatmet und Unwetternächten getrotzt hatte. Und so wurde Mercedes de Cararach, die den Schnee so sehr liebte, nach ihrer Rückkehr fast wie eine Göttin verehrt. Keiner der Einwohner Santa Anas oder aus dem Umfeld von La Solariega hätte das so ausgedrückt, aber alle, ob nun feine Herrschaften oder einfache Bauern, zogen vor ihr den Hut, und die Damen ahmten im Rahmen ihrer Möglichkeiten ihren Kleidungsstil nach. Und Mercedes erwiderte ihre stille Zuneigung von ganzem Herzen. Es war für sie ein Leichtes, in der eisigen Gebirgsluft die Augen zu schließen und sich, eingehüllt von Wolken, wieder wie das achtzehnjährige Mädchen zu fühlen, das kurz vor der Hochzeit mit dem Witwer Eduardo Ruiz de Peñafiel stand. Später, als die Mädchen älter wurden und Mercedes sich ein Quartier für die Sommerfrische wünschte, stand es für sie außer Frage, wo dieses stehen würde.

Stunden später macht sich die Kutsche auf den Weg zu dem Anwesen, das alle Bewohner der Provinz als »das Haus der Peñafiels« kennen. Alba streckt den Kopf aus dem Fenster und lässt sich von der reinen Luft der Sierra de Frías von Albarracín die Wange küssen. Plötzlich taucht zwischen den Felsen das Haus auf. Wie eine Trutzburg aus Stein, Eisen und Holz erhebt sich La Solariega gegen die Kälte des Winters in Teruel, die einem in die Knochen kriecht, wie sich das Wasser seinen Weg durch den Fels bahnt.

»Das ist ja eine Burg! Sieh nur, Mutter!«, ruft Alba.

Mercedes runzelt die Stirn. Für einen Moment schiebt sich die Erinnerung an das Wappen von Eduardos erster Frau über das Bild von La Solariega. Ein steinerner Turm, genau wie der, der vor ihnen liegt. Mercedes lässt die Hand über Luisas Schulter gleiten; das Mädchen lächelt abwesend und zeichnet mit dem Finger die Kontur der Berge nach. Alba betrachtet verzückt den Turm. Das unschuldige Glück der Töchter verscheucht das Gespenst der ersten Frau, die ihrem Mann zwei Söhne geschenkt hat. Sie erschaudert, vielleicht liegt es an der Kälte. Als Erstes wird sie in jedem Zimmer den Ofen anmachen. Die Wärme wird alle Gespenster vertreiben.

3
Zwei Schwestern

Beide Töchter haben Mercedes' Liebe zur Natur geerbt. Wenn der Frühling Einzug hält, streifen die beiden gemeinsam durch die Lande, auch wenn sie so unterschiedlich sind wie Tag und Nacht. Sie gehen hinunter ins Tal, in die Nähe des Flusses. Luisa lehnt sich an einen Ast und lässt sich mit geschlossenen Augen vom Himmel wiegen, bis ihre Hände keine Kraft mehr haben. Dann greift sie in die Tasche mit ihrer beider Habseligkeiten und zieht das Heft und die Feder heraus, das kostbare Geschenk der Mutter zu ihrem fünfzehnten Geburtstag. Manchmal zeichnet sie die auf den nahen Zweigen sitzenden Schmetterlinge, wie ein Dieb, der zunächst eingehend studiert, was er zu stehlen gedenkt, und später verstaut sie die Ausbeute des Tages in einem Glasgefäß und nimmt sie mit nach Hause. Wenn keine Schmetterlinge auftauchen, füllt sie die freien Seiten mit Buchstaben. Am Ende sind die Hefte voller durchgestrichener Worte und ihre Hände voller Tintenflecken. Alba steigt mit hochgerafftem Rock bis zu den Knöcheln in die kristallklaren Wasser des Río Cabriel; zwischendurch watet sie fleißig wie eine Biene immer wieder ans Ufer und sammelt auf dem mitgebrachten Laken Triebe, Blüten, Blätter, Samen und alles, was die Erde an Früchten hergibt, für ihr Herbarium in La Solariega. Jedes noch so kleine Detail weckt ihre Neugier. Die Erde spricht mit Alba, und sie lauscht ihren Worten; so könnte sie für immer weiterleben, ohne jemals aufzuwachen.

Am Abend, wenn die Holzscheite im Kamin glühen und ihr Vater sich in sein Arbeitszimmer zurückgezogen hat, widmen die Mädchen sich ihrem üblichen Spiel, das darin besteht, aus einer Sammlung von Landkarten Spaniens die teilweise kuriosen Namen von Orten der Provinz aufzusagen, während Mercedes liest oder Briefe an die Familie schreibt.

»Valdecuenca.«

»Saldón.«

»Tramacastilla.«

»Torres de Albarracín.«

»El Vallecillo.«

»Olomarde.«

»Pozondón!«

Sie kugeln sich vor Lachen, und später hilft Luisa Alba dabei, in ihr Pflanzenheft die Arten einzutragen, die sie den Tag über gesammelt hat: die Spanische Golddistel, von Francisca auch Stichwurz genannt, mit stacheligen Blättern und gelben Zungenblüten;

die Eselsdistel, von der sie einen ganzen Bund mitgebracht hat, weil ihre Mutter sagt, der Sud sei gut gegen Kopfschmerzen; die Katzenminze, zu der die Familie mütterlicherseits aus Girona auch »Taubengras« sagt, mit ihren blassblauen Blütenkronen; der Acker-Hahnenfuß, bei dem man wegen der Stacheln manchmal ein Taschentuch um die Hand legen muss, wenn man den Stängel abschneiden will; die rote Schuppenmiere, die in Wahrheit gar nicht rot ist, sondern weiß-violette Blüten hat und stolz im Staub am Wegesrand wächst. Später wird Francisca einen Heilkräutertee aus Thymian gegen Luisas chronischen Husten zubereiten.

Am Nachmittag sind sie auf den Hügel hinaufgestiegen, weil Alba das Tal in seiner Gesamtheit zeichnen wollte. Sie sind schon früh am Morgen aufgebrochen. Jetzt verdunkelt sich der Himmel, und Luisa blickt gen Himmel. Das Wetter ändert sich ohne Vorankündigung. Oben auf dem Hügel tauchen Köpfe mit schwarzen Ohren und schwarz umrandeten Augen auf, als trügen sie eine Maske. Dahinter immer mehr Köpfe, eine Herde von etwa hundert Tieren, die einen einzigen großen Körper bilden. Mäuler bohren sich ins Gras, man hört Hufgetrappel im Gestrüpp, dazu Glockengeläut vermischt mit Hundegebell. Es ist nur eine einzige menschliche Gestalt zu sehen, ein Mann. Das weiße Hemd hebt sich wie ein heller Fleck vom Horizont ab, das Braun der Arbeitshose gleicht einem Pinselstrich. In der Hand trägt er einen Schäferstab. Die beiden Hunde, die die Herde beisammenhalten, rennen wegen der schwarzen Wolken unruhig umher. Luisa hält sich die Hand wie einen Schild vor Augen, um seine Gesichtszüge erkennen zu können, aber das Gegenlicht macht ihr einen Strich durch die Rechnung. Langsam dreht der Fremde sich um und verschwindet unvermittelt wieder aus dem Landschaftsbild. Eine Windböe weht den säuerlichen Geruch der Tiere herüber, das Versprechen von Wolle und Käse, Milch und Fleisch.

4

Die Eisenbahn

»Ich versichere Ihnen, meine Herren, in weniger als fünf Jahren werden wir hier eine Eisenbahnstrecke haben, und die Region wird ein Zugpferd für die Entwicklung des Landes werden. Ein wahres Zugpferd, glauben Sie mir!«

Im Casino von Santa Ana del Campo sind zwischen den Wänden voller Gemälde und Teppiche begeisterte Hochrufe zu hören. Ein paar wenige Fotografien dokumentieren zaghafte Modernisierungsversuche des Dorfes. Die Luft ist schwer vom Zigarrenrauch und von dem Geruch nach Cognac und Schweiß, und in den tosenden Applaus mischt sich hier und da lautes, zufriedenes Husten. Es gab zünftigen Schweinebraten, und das süße Aroma des Desserts vermischt sich mit dem des Digestifs, der zum Kaffee gereicht wurde. Man hat keine Kosten und Mühen gescheut, den Gast aus der Hauptstadt gebührend zu empfangen. Fernando Ruiz ergreift wieder das Wort: »Wussten Sie, dass bereits mehr als ein Dutzend Provinzhauptstädte über eine Eisenbahnanbindung verfügen? Und dass die erste spanische Eisenbahnstrecke von Barcelona nach Mataró in weniger als drei Jahren fertiggestellt wurde? In weniger als drei Jahren! Das ist eine Revolution!« An dieser Stelle beginnen die Schnäuzer und Bärte zu zucken. Das Wort Revolution ist nach den Unruhen im Land und den Nachrichten über die Aufstände in den Kolonien nicht gerade positiv besetzt. »Die Revolution des Eisens!«, ruft der Redner enthusiastisch, und das scheint die Gemüter der Honoratioren zu besänftigen, denn was die Menschen voranbringt, kann nur Gutes verheißen. Wieder tosender Applaus im Casino.

Eduardo Ruiz de Peñafiel nimmt einen Schluck von seinem Kaffee. Die Eisenbahn ist unverzichtbar, wer wüsste das besser als er, der alle Möbel für sein Haus in Santa Ana mit Eseln und Karren herbeischaffen musste. Ganz zu schweigen davon, dass allein fünf Männer benötigt wurden, um die Badewanne in das obere Stockwerk mit den Schlafgemächern zu tragen.

»Was meinen Sie, Don Eduardo?«, fragt Antonio Conde, dem zwei der größten Herden der Region gehören. Eduardo starrt auf den Boden seiner Kaffeetasse und erwidert: »Das wäre fantastisch … wenn es realisierbar ist. Ich muss Ihnen ja nicht erklären, wie mühselig es ist, den Weizen und das Vieh zum Hafen von Valencia zu transportieren. Ein Schiff aus Odessa erreicht den Hafen schneller als der Weizen aus der Sierra de Albarracín.«

»Dann halten Sie es also für unmöglich? Wegen der Berge?«

»Die Berge sind nicht das Problem.«

»Was dann?«

Eduardo deutet mit dem Kopf auf den Redner, der seinen Vortrag beendet hat und die Glückwünsche und das ermutigende Schulterklopfen der Anwesenden entgegennimmt.

»Die Eisenbahn von Barcelona wurde nach einer Investition von fünfundzwanzig Millionen Peseten gebaut, auf Betreiben eines Unternehmers, der bereits Erfahrungen mit dem Eisenbahnbau auf Kuba gesammelt hatte und sich mit der Materie auskannte. Und bei der Eisenbahngesellschaft Madrid-Zaragoza haben keine Geringeren als die Rothschilds ein beachtliches Sümmchen investiert, und sie wurde vom Marqués de Salamanca unterstützt. Und wir sollen weniger Zeit für den Eisenbahnbau brauchen als die großen Gesellschaften in Spanien und Europa? Wir sollen schneller sein als die, für die sich Tausende von Sklaven den Buckel krumm geschuftet haben, um Havanna mit den Feldern und Minen zu verbinden? Das braucht man für ein solch großes Unterfangen, nicht Worte. Der Herr da vorn erklärt uns, das sei ein Klacks und im Nullkommanichts erledigt. Für Wunder ist die Kirche zuständig. Auf diesem Grund und Boden kostet alles Geld und Blut.«

»Aber wir müssen das Unterfangen auf jeden Fall unterstützen, Don Eduardo. Was bleibt uns sonst übrig? Die Regierung krümmt doch keinen Finger für uns.«

»Ich weiß, mein lieber Antonio, ich weiß.«

Eduardo nimmt einen Schluck von seinem Kaffee, der einen bitteren Nachgeschmack hat.

5
Eine Kirche

In der Kirche von Santa Ana del Campo befindet sich keiner außer dem Priester. Es ist Montagmorgen, noch früh. Niemand weiß von seinem Kommen, bis zur Zwölf-Uhr-Messe ist es noch lange hin. Er durchschreitet langsam das Schiff, als wollte er mit jedem Schritt die Größe des Glaubens innerhalb der Kirchenmauern ermessen. Beim Erzbischof hat man ihm mit ernster Miene verkündet, die neue Orgel würde auf sich warten lassen. Er schmunzelt. Das ist ihm völlig egal, denn er gedenkt die Herzen seiner Gemeindemitglieder nicht mit Musik zu gewinnen. Er muss auch schmunzeln, weil er an diesem Ort geboren wurde und nun nach langer Zeit in der Ferne, in der er, noch ein Grünschnabel, Jahre voller Regen und Trockenheit und stürmische Tage so schwarz wie seine Soutane erlebt hat und andere voller Licht, so strahlend, als würde die Jungfrau herniedersteigen, endlich in seine Heimat, nach Teruel, zurückgekehrt ist. Es gibt so viel zu tun! Was bedeutet schon eine Orgel, wenn der Tod, der schon eine Weile auf ihn wartet und allmählich ungeduldig wird, ihn womöglich abberuft, bevor er seine Aufgabe zu Ende bringen konnte. Er betrachtet die Koffer, die der Fahrer in der Sakristei abgestellt hat. Darin befinden sich die Bücher, die Herbarien, die Briefe, die er aus ganz Europa erhalten hat, das angesammelte Wissen und die Träume eines ganzen Lebens.

Er tritt an den einfachen Schreibtisch des Arbeitszimmers und schlägt das Kassenbuch der Gemeinde auf, in dem sein Vorgänger mit unermesslicher Geduld festgehalten hat, was mit den 307 590 Reales geschehen ist, die die Königin dem Erzbistum Zaragoza vor Jahren für den Bau der Kirche von Santa Ana del Campo zugedacht hatte. Stein für Stein ist sie langsam wieder auferstanden, schleppend wie der Atem eines Genesenden. An dieser Stelle ist sein Vorgänger gestorben, auf Knien, dem unerträglichen Schmerz ausgeliefert, das Gefühl von glühendem Eisen, das ihn versengte, als sein Herz aufgehört hat zu schlagen. Wird ihn der Tod auf dieselbe Weise ereilen? Plötzlich und grausam, mitten im Leben? Welch furchtbare Vorstellung! Es geht alles viel zu schnell, die Zeit eilt dahin, und am Ende bleiben nur die Steine und das, was man sich beharrlich erarbeitet, stets im Wettlauf mit der tyrannischen Zeit. Ihm wird es nicht so ergehen. Er geht zu den Koffern und trägt sie in den Wohnbereich der Sakristei: Er besteht aus einem Schlafzimmer und einem kleinen Wohnzimmer. Jemand hat einen Krug Wein und einen mit Wasser auf den Tisch gestellt und einen Teller mit Brot und Käse, abgedeckt mit einem Stück Stoff, damit die Fliegen sich nicht daran gütlich tun. Er setzt sich an den Tisch und lächelt, obgleich er hundemüde ist.

6
Pater Bernardo

Keiner vermag zu sagen, was, aber etwas hat sich verändert, seit der neue Priester ins Dorf gekommen ist. Es ist, wie wenn man im Frühling die Fenster öffnet, nachdem man einen Winter lang mühsam die Laken und Decken mit Lavendel und Thymian eingesprüht und gebetet hat, die Motten mögen sich nicht in den Schränken einnisten.

Er ist nicht besonders zugänglich und spricht nicht viel. Aber er ist auch nicht wortkarg oder gar streng. Pater Bernardo ist einfach ein wenig knorrig, verschlossen, seine Lippen öffnen sich kaum, wenn er lacht, er ist wie ein alter Baum, der tief im Wald verwurzelt war und sich doch, dem Ruf der Kirche folgend, versetzen ließ.

Die Klatschbasen versuchen herauszufinden, ob er bei jungen Mädchen und Witwen weich wird, denn das sei, so unken sie, ein untrügliches Anzeichen für einen Priester von schwachem Fleisch. Sie ergötzen sich an dem Thema, denn es gibt keinen größeren Skandal, als wenn ein Mann Gottes der

Versuchung erliegt. Pater Bernardo ist das Fleisch der anderen herzlich egal und sein eigenes erst recht: Er mutet sich Spaziergänge bei größter Hitze zu und pilgert von Haus zu Haus, um sich zu vergewissern, dass seine Herde gut behütet ist. Das war sogar seine erste Amtshandlung, noch bevor er die Familien aufgesucht hat, die er von früher kannte. Als Stimmen laut werden, die ihn bezichtigen, ein Revolutionär zu sein, sich zu sehr für die Armen einzusetzen oder, schlimmer noch, ein Feind der Reichen zu sein, enthüllt das Dienstmädchen, das ihm die Wäsche macht, er unterhielte regelmäßigen Briefverkehr mit jemandem aus dem Adel. Da sie Analphabetin ist, nimmt man sie nicht ernst.

»Was weißt du denn schon, du hast doch in deinem Leben noch keinen Herzog leibhaftig gesehen«, spottet der Wirt.

Sie trinkt ihr Bier und schnalzt mit der Zunge.

»Er erhält duftende Umschläge mit Briefkopf und Siegel. Das kommt aus stinkreichem Haus, das ist doch klar wie Kloßbrühe.«

»Vielleicht von einer Frau?«, fragt ein anderer, und die ganze Kneipe bricht in schallendes Gelächter aus.

»I wo. Es ist kein Parfum, der Geruch ist anders, schwerer, als würde dich einer am Hals packen und dich zwingen, Seife zu fressen. Die Briefe riechen frisch wie eine Wiese. Wenn ich mehr Zeit habe, bringe ich euch mal einen mit«, verspricht sie und leert ihr Bier in einem Zug.

7
Der Besuch

Eduardo und Mercedes empfangen den Priester zu Kaffee und Gebäck, als er den wohlhabenden Familien der Gegend seine Aufwartung macht. Pater Bernardo säubert seine Stiefel, bevor er das Haus betritt, und legt die Pelzjacke zusammengefaltet auf einen Stuhl am Eingang. Er lächelt, wobei seine schiefen Zähne zutage treten, und ruft: »Señores, es ist mir eine Freude, Sie kennenzulernen!«

»Die Freude ist ganz unsererseits, Pater«, erwidert Eduardo höflich.

Mercedes küsst die Hand des Priesters und setzt sich. Luisa und Alba, die sich in den guten Kleidern, in die man sie hineingezwungen hat, sichtlich unwohl fühlen, sitzen auf einem Bänkchen neben dem Feuer. Ihre Mienen sind angespannt, sie wollen nichts verpassen und gleichzeitig ihre Langeweile verhehlen.

»Was sind Ihre Pläne, Pater?«, fragt Eduardo.

»Meine Pläne?«

»In Bezug auf die Kirche, natürlich.«

Weil der Priester ihn verwundert ansieht, fügt Eduardo hinzu: »Ich meine, den Wiederaufbau der Kirche.«

»Ah!«, sagt Pater Bernardo und lächelt zerstreut.

Mercedes blickt in ihre Kaffeetasse, um die Überraschung zu verbergen, die der neue Priester bei ihr auslöst, der so anders ist als sein Vorgänger, welcher nur Zahlen im Kopf hatte und stets darauf aus war, immer mehr und noch mehr Geld einzunehmen, um den Wiederaufbau des Kirchenschiffs voranzutreiben.

»Ich denke, Sie werden auf Spenden angewiesen sein«, tastet Eduardo sich vor.

»Ja, wenn Sie es schon ansprechen, in der Tat«, sagt Pater Bernardo. »Aber ich möchte Sie jetzt schon darauf hinweisen, dass ich nicht einen Real für die Kirche verwenden werde. Die ist gut so, wie sie ist.«

»Wofür dann?«

Die Eheleute sehen sich fragend an.

»Don Eduardo, Sie wissen, dass man in diesem Landstrich wenig Zeit für Bildung aufwendet. Die Dörfer hier fügen sich in die Hügellandschaft ein, und das Leben ihrer Bewohner richtet sich nach dem Rhythmus der Jahreszeiten.«

»Was ist daran auszusetzen? Ihr Vorgänger hat immer gesagt, alles, was um uns herum geschieht, ist Gottes Wille.«

»Ja ja, natürlich. Aber außer den Weiden und den Bergen, den Bäumen und den Flüssen, die Gott erschaffen hat, gibt es ja noch den Menschen, oder? Seine größte Schöpfung«, sagt der Pater und bekreuzigt sich.

»Keine Frage«, pflichtet Eduardo ihm bei.

Mercedes stellt die Tasse auf den Tisch und versucht einen Anflug von Widerwillen zu verbergen, der sich in ihrem Gesicht abzeichnet.

»Also gut. Ich beabsichtige, und ich hoffe, dass Sie und die anderen angesehenen Männer von Monreal meine Pläne unterstützen, eine Schule zu gründen. Damit die Kinder der Bauern lesen, schreiben und rechnen und ein wenig Naturwissenschaften lernen können. Kurzum: ein paar Grundlagen eben.«

Die Anwesenden sind sprachlos. Eduardo, weil die beiden Kirchenmänner, die gekommen sind, um Monreals Schäflein zu hüten, nicht unterschiedlicher sein könnten und weil die Idee revolutionär ist; Mercedes, weil sie nie im Leben mit so etwas gerechnet hat, und die Mädchen in der Ecke, weil sie ihren Ohren nicht trauen. Die eine ist verdutzt wie der Vater. Und die andere frohlockt und beginnt begeistert zu applaudieren.

»Alba!«, fährt Eduardo sie an und sagt dann an Pater Bernardo gewandt: »Entschuldigen Sie meine Tochter, sie sollte in ihrem Alter eigentlich wissen, wo ihr Platz ist. Erwachsene unterbricht man nicht, Alba. Wie heißt es?«

Mercedes hat kein Wort gesagt, aber wie alle Frauen versteht sie es trefflich, wortlos zu kommunizieren, und die Mädchen stehen auf und treten mit gesenktem Kopf an den Tisch. Luisa neugierig und Alba beschämt, aber mit einem schelmischen Funkeln in den Augen.

»Verzeihung, Pater Bernardo«, sagen beide im Chor.

Der alte Priester winkt ab und lächelt.

»Schon in Ordnung.«

»Ihre Hauslehrerin hätte eigentlich aus Barcelona mitkommen sollen«, erklärt Mercedes, »aber sie hat eine Lungenentzündung und muss das Bett hüten, deswegen ist sie dort geblieben. Ich gehe davon aus, dass ich bald aus Zaragoza Ersatz bekomme. Seit wir hier sind, gehen sie nur ihren Leidenschaften nach.«

»Hoffentlich kommt diese Ersatzlehrerin bald, sonst treiben sie uns noch in den Wahnsinn«, raunt Eduardo.

»Was sind denn das für Leidenschaften?«, fragt Pater Bernardo nach, um einem bissigen Kommentar von Mercedes zuvorzukommen, die sich schon Eduardo zugewandt hat.

»Alba sammelt Blumen, presst sie und zeichnet sie in ihr Heft«, erwidert Mercedes stolz. »Auch Luisa interessiert sich sehr für die Natur, vor allem für Schmetterlinge, sie zeichnet sie auch. Und selbstverständlich spielen sie Klavier und beherrschen Fremdsprachen.«

»Ich schreibe Gedichte!«, fügt Luisa hinzu.

»Blumen, Schmetterlinge und Gedichte!«, ruft

Eduardo, und in seinen Worten schwingt Ironie, aber auch Zuneigung mit. »Was für ein Gespann. Tja, Sie sehen, Pater, alles unverzichtbare Dinge, um später mal einen Haushalt zu führen.«

»Vergessen Sie nicht, dass die Botanik eine moderne Wissenschaft ist, die unserem Land zu großem Ruhm verhilft: Große Wissenschaftler im In- und Ausland widmen sich ihr. Ich selbst hege eine große Leidenschaft für Pflanzensammlungen. Vielleicht kann ich Señorita Alba mal eine zeigen. Und es wäre mir ein Vergnügen, das Ergebnis ihrer eigenen Forschungen zu sehen, den Schatz, der sich in den Heften verbirgt. Ich gratuliere Ihnen. Ein Sinn für die Natur ist eine göttliche Gabe«, sagt Pater Bernardo lächelnd.

Alba sieht ihre Mutter flehend an, als hätte sie gerade unter einem Haufen Steine etwas Kostbares gefunden. Mercedes' Gesichtsausdruck wird weicher, und noch bevor Eduardo etwas sagen kann, erwidert sie: »Das ist sehr liebenswürdig von Ihnen, Pater Bernardo. Es wäre fantastisch, wenn Sie in der Woche ein paar Stunden Ihrer Zeit opfern und meine Töchter in Botanik und Insektenkunde unterrichten könnten.«

»Selbstverständlich! Das wäre mir eine Ehre, Señora.«

Mercedes legt die Hand auf den Arm ihres Mannes, sanft wie ein Schmetterling, fast ohne die Finger zu bewegen. Sie sieht in dem alten Priester inzwischen einen Freund, der in La Solariega stets willkommen ist. Der Priester räuspert sich und sagt: »Um auf die Schule zurückzukommen, das ist natürlich ein ganz bescheidenes Projekt, Don Eduardo, verstehen Sie mich nicht falsch, ich weiß, dass die Bauern hier nicht auf ihre Kinder verzichten können, dass sie auf dem Feld mitarbeiten müssen. Ich dachte an zwei Stunden Unterricht in der Woche. Damit sie es zu etwas bringen, und wenn der ein oder andere sich als begabt herausstellt, steht ihm vielleicht eine andere Zukunft offen.«

»Das hört sich vernünftig an«, sagt Eduardo. »Wo soll der Unterricht denn stattfinden?«

»In der Sakristei habe ich mehr als genug Platz. Und zusätzlich können wir die ein oder andere Exkursion ins Tal machen, wenn das Wetter mitspielt.«

Eduardo nickt. Er hat beschlossen, den Priester zu unterstützen. Seine Bescheidenheit und seine unprätentiöse Art haben ihn beeindruckt, und Mercedes strahlt zufrieden.

8

Eine Lektion in Botanik

Pater Bernardo hält Wort. Ein paar Wochen später erscheint er in La Solariega mit einem riesigen Ledersack über der Schulter, so groß, dass er gut und gerne in eine Schubkarre passen könnte. Er gerät ins Taumeln unter dem Gewicht, als er an der Tür klingelt. Francisca öffnet und sieht ihn verwundert an, aber sie führt ihn direkt in den Salon. Als Alba und Luisa herunterkommen, hat der Priester den Inhalt des Sacks bereits auf dem Tisch ausgebreitet: zwei riesige Bücher mit Einbänden aus Leder, so verschlissen wie die Zügel eines Geschirrs. Er setzt sich hin und sagt: »Versprechen muss man halten.«

»Was sind das für Bücher?«, fragt Luisa.

»Das hier ist ein Herbarium«, erklärt er und schlägt das erste auf. »Im Mittelalter waren es die italienischen Gelehrten, die am meisten über Botanik wussten, und ihre Sammlungen von medizinischen Pflanzen waren sehr begehrt, denn es war schwierig, ein Exemplar zu ergattern. Doch dank des modernen Buchdrucks und der Entdeckung neuer Arten in Amerika ist das Wissen, das vor drei Jahrhunderten nur einigen wenigen vorbehalten war, heutzutage uns allen zugänglich. Sieh mal, Alba, erinnerst du dich an die Pflanze, von der du mir eine Zeichnung geschickt hast?«

»Der weiße Farn?«

Sie hat das Bild mehrfach verbessert, bis es naturgetreu den sich schlängelnden Stiel der Pflanze wiedergab, ihre Blätter, die sich aus der Tiefe des Felsens schälen und zum Papierrand hin immer heller werden.

»Genau. Hier ist er.« Er deutet auf die Seite.

»*Asplenium fontanum*«, entziffert Alba die lateinische Bildunterschrift. »*Asplenium* kommt von dem Namen, den man der Pflanze im Mittelalter gab, als sie verwendet wurde, um melancholische Anwandlungen aufgrund eines Übermaßes an schwarzer Galle zu bekämpfen. Der lateinische Name stammt vom griechischen *Splen*, das bedeutet Milz.«

»Hier findest du alle Namen der Pflanzen, die du sammelst, verstehst du? Jede Pflanze gehört zu einer Familie oder auch Gattung. Den Namen hat ein Wissenschaftler vor etwas mehr als hundert Jahren erfunden. Er hieß Carlos Linneo, und die Botanik hat ihm ungeheuer viel zu verdanken.«

Alba lauscht verzückt seinen Worten; er hat ihre Neugier geweckt. Alle denken, sie sammele die Pflanzen nur, weil sie ihr gefallen. Aber sie will mehr über sie wissen. Alles.

»Du musst dir immer vor Augen halten, dass die Botanik eine Wissenschaft ist«, fährt der Priester fort. »Und in den Wissenschaften wird geforscht, sie erfordern all unsere Zeit und Energie, man muss sich ihnen mit Haut und Haar verschreiben.«

Alba ist eingeschüchtert, sie denkt, dass sie gar nichts weiß, dass sie noch viel lernen muss.

»Also nimm das Buch und arbeite es durch, und wenn du etwas nicht verstehst, fragst du mich, ja? Auch wenn du tausendmal hängen bleibst, nur so lernst du.«

Luisa hat die ganze Zeit schweigend gewartet.

»Das ist für dich«, sagt Pater Bernardo und schlägt den zweiten Band auf. Es ist, als ob im Salon die Sonne aufginge: Die Zeichnungen haben alle Schattierungen des Himmels. Auf cremefarbenem Papier reiht sich ein Schmetterling an den anderen, wie in einer bunten Farbparade.

Fasziniert streckt Luisa die Hand aus, und Pater Bernardo kommt ihrer Frage zuvor:

»Das ist die *Histoire naturelle des lépidoptères ou papillons de France* des renommierten französischen Insektenforschers Jean-Baptiste Godart. Es ist eine der umfassendsten Abhandlungen über die Schmetterlinge unseres Nachbarlandes.«

Er legt das Buch auf den Tisch und sagt: »Wenn es euch recht ist, lasse ich die Bände hier, damit ihr euch damit beschäftigen könnt. Und wenn ihr Gefallen daran findet, wird euer Vater bestimmt dafür sorgen, dass ihr noch weitere Bücher bekommt, mit denen ihr weiterlernen könnt. Ich komme einmal in der Woche vorbei, und ihr werdet schon bald die Welt mit anderen Augen sehen. Das ist Wissenschaft.«

Der Priester lässt sich in den Sessel sinken und schweigt, und die Mädchen vertiefen sich in die Bücher. Eine Welt voller Wunder tut sich vor ihnen auf. Pater Bernardo zieht eine Holzkiste aus der Tasche und packt eine Pfeife aus hell glasiertem Ton mit einem abgenutzten Mundstück aus. Er stopft sie mit Tabak, zündet sie an und nimmt einen kräftigen Zug. Er seufzt zufrieden, als hätte er eine Aufgabe erfüllt, mit der Gott ihn betraut hat.

9
Zwei Brüder

Hin und wieder empfängt Eduardo in La Solariega die Mitglieder der künftigen Eisenbahngesellschaft, die ihm die Pläne für die weitere Entwicklung des Unterfangens vorlegen und nicht müde werden, ihn für die Sache gewinnen zu wollen. Häufige Gäste sind die Gebrüder Ruiz. Fernando betritt mit forschen Schritten das Haus, als wollte er durch das laute Stapfen klarmachen, wer der Herr über den Boden unter seinen Füßen ist. Sein Bruder Ángel hingegen ist eher wie die abendliche Kälte, die einem kaum merklich in die Knochen kriecht. Während sich sein Bruder mit Eduardo ins Arbeitszimmer zurückzieht, leistet Ángel Mercedes im Salon Gesellschaft, und Luisa und Alba bleibt nichts anderes übrig, als den Spaziergang ins Tal ausfallen zu lassen und sich mit um die Gäste zu kümmern. Vielleicht sind sie deshalb so verschlossen und wortkarg. Und so obliegt es Mercedes, mit dem jungen Mann etwas Konversation zu betreiben.

»Sind Sie auch so ein glühender Verfechter der

Eisenbahn wie Ihr Bruder?«, fragt sie geradeheraus und reicht ihm einen Kräutertee.

Der junge Mann errötet, als wäre ihm die Sache peinlich.

»Selbstverständlich. Aber mein Bruder kümmert sich um alles. Ich … ich bin kein Geschäftsmann. Ich widme mich lieber meinen Studien.«

»Verstehe. Was studieren Sie denn, wenn ich fragen darf?«

»Jura. Ich will Rechtsanwalt werden.«

Alba unterdrückt ein Gähnen. Ángel blickt kurz zu ihr hin und starrt dann wieder in seine Tasse. Mercedes wirft ihrer Tochter einen tadelnden Blick zu und erwidert: »Das ist ein ehrenwerter und sehr angesehener Beruf. Eine ausgezeichnete Wahl.«

Der Nachmittag vergeht mit Gesprächspausen und Höflichkeitsgeplänkel, bis Fernando und Eduardo ihre Unterredung beendet haben. Man hört ihre tiefen Stimmen im Flur, bevor sie den Raum betreten. Der junge Mann wirkt nachdenklich. Ángel springt wie von der Tarantel gestochen auf und dankt Mercedes für ihre Gastfreundschaft. Als sie gehen, sehen sich die Mädchen erleichtert an.

»Es wird der Tag kommen, an dem ich mich entscheiden und alles auf eine Karte setzen muss, meine liebe Frau«, seufzt Eduardo und lässt sich in seinen Lieblingssessel fallen. »Die Zukunft duldet keinen Aufschub.«

Er bittet Mercedes nicht um Erlaubnis, aber ihre

Mitgift hat sein Vermögen um ein beträchtliches Sümmchen anwachsen lassen. Sollte er investieren, dann wird er es wohl mit diesem Geld tun. Das wissen beide.

Mercedes nickt.

»Wie du meinst, Eduardo.«

»Ich werde niemals heiraten«, flüstert Luisa ihrer Schwester zu, als sie zu Bett gehen.

»Sagst du das, weil Ángel uns immer so ansieht?«, fragt Alba.

»Er sieht dich an.«

»Ja und? Ich werde auch nicht heiraten, zumindest nicht einen wie ihn.«

»Er ist ein stilles Wasser.«

»Man hat den Eindruck, dass ihn nichts interessiert, nicht einmal die Pläne seines Bruders. Wenigstens ist Fernando mit Leidenschaft bei der Sache. Ich könnte keinen Mann heiraten, der keine Neugier für die Welt um ihn herum verspürt. Aber wie kommst du jetzt darauf?«

Luisa zögert ein wenig, bis sie antwortet: »Elena hat mir geschrieben, dass sie im September heiratet. Ihr Vater hat es ihr verkündet und ihr den Bräutigam präsentiert. Sie kennt ihn nicht mal, er ist fünfzehn Jahre älter als sie.«

Elena ist eine der Freundinnen, die sie in der Stadt zurückgelassen haben. Eine der wenigen, die nicht gleich Reißaus nehmen, wenn Alba und Luisa wieder mal Blumen und Schmetterlinge von ihren Ausflügen in den Wald mitbringen.

»Mutter wird nicht zulassen, dass uns so etwas widerfährt. Und Vater auch nicht«, beschwichtigt Alba ihre Schwester. »Mach dir keine Gedanken, Schwesterherz. Lass uns schlafen.«

In den Bergen ist ein Heulen zu hören.

»Was ist das?«, fragt Luisa erschrocken.

»Francisca sagt, das sind die Wölfe auf der Suche nach Beute. Vergiss es. Wir sind in unserem trauten Heim, hier sind wir sicher.«

Die Tiere in den Bergen heulen die ganze Nacht.

10
Prag

Die gepflasterten Straßen weinen in der alten Stadt, wenn Nebel auf sie fällt, oder zumindest behauptet das die Legende. Es ist bitterkalt und alles ist in undurchdringliches Weiß getaucht, von den Brücken, deren Pfeiler aus dem Fluss ragen, bis zur Burg in der Altstadt. Trotzdem oder vielleicht sogar angeregt durch die beißend kalte Luft, die jedem entgegenschlägt, der sich hinaus auf die Straße wagt, rekelt sich die Stadt im Morgengrauen verschlafen, sie streckt ihre Arme aus, und in ihren Adern pulsiert neues Leben. Die Straßenbahnen werden mehr, und große öffentliche Gebäude wachsen über die angestammten Häuserreihen hinaus. Trunken von neuen Vorhaben steigt Prag nach der furchtbaren preußischen Besatzung wieder aus seiner Asche empor. Hier sieht man eine Handvoll Arbeiter Gleise für die künftige Eisenbahn verlegen, dort wächst ein Turm monströs in den Himmel. In der Ferne sieht man die blanken Ecken eines Geisterviertels schweben, dessen Bewohner in ein anderes umgezogen sind; so wollte es ein Dekret des Kaisers, der Prag wieder zu einer Prinzessin Europas machen will.

Der Mann, der von seinem Schreibtisch aus den Wenzelsplatz im Herzen Prags betrachtet, ist hochzufrieden. Man munkelt, dass eine fabelhafte ethnografische Ausstellung stattfinden soll, und die Gründung einer tschechischen Akademie der Wissenschaft und Künste ist bereits beschlossene Sache. Seine künftige akademische Laufbahn ist vielversprechend; er hat einen guten Zeitpunkt gewählt, um das Angebot der Universität anzunehmen und sich in Prag niederzulassen.

Er zieht einen Brief aus der Tagespost und öffnet ihn. Er hat die Handschrift eines alten Freundes gleich erkannt. Konzentriert liest er die Zeilen, und freudige Überraschung macht sich in ihm breit. Es ist eine Einladung zu einer langen Reise, über mehrere Monate, die er aus tausend Gründen immer wieder aufgeschoben hat: erst aus finanziellen, dann aus familiären. Es kam ein Kind nach dem anderen auf die Welt, und nach jeder Schwangerschaft seiner Frau musste er seine Pläne aufschieben. Aber vielleicht ist jetzt, nach all den Jahren, die Zeit gekommen. Spanien ruft, mit all seiner unbändigen Lebenslust, den rustikalen Wegen und urigen Landschaften, die sich so sehr vom überkultivierten Europa unterscheiden, dem es trotz allem nachzueifern versucht. Allein Städte wie Madrid oder Barcelona mit ihrer überbordenden Energie und den wimmelnden Menschenmassen in den Prachtstraßen erinnern an die europäischen Hauptstädte. Ganz anders das gemütliche Dorpat, wo er die letzten Jahre inmitten von Büchern und Enzyklopädien verbracht hat. Aber nach dem kalten Russland ist die Aussicht, den warmen Sommer in Spanien zu genießen, bevor er seine Professur in Prag antreten wird, geradezu verlockend. Er liest die letzten Zeilen von Pater Bernardo erneut:

Hier, werter Freund, könnten Sie Ihr Werk vollenden, das ich für höchst bedeutungsvoll halte, denn für den Fortschritt der botanischen Wissenschaft ist ein Kompendium über die Flora der Halbinsel, wie Sie es seit Jahren vorbereiten, unverzichtbar. Ich vertraue darauf, dass mein Vorschlag gelegen kommt, und ich hoffe, Sie mit all der Wertschätzung empfangen zu können, die ich Ihnen, wie Sie wissen, entgegenbringe.

»Ich könnte bis September dort bleiben, kurz vor Beginn der Vorlesungszeit muss ich wieder an der Universität sein«, sagt er und kaut genüsslich an einem Stück von den Schweinswürsten, die seine Frau ihm hingestellt hat.

Clara presst die Lippen zusammen. Das Geschrei im Nachbarzimmer hat sich gelegt, auch die Kinder essen gemeinsam mit der Gouvernante.

»Mit ein wenig Glück könnte ich dort das erste Manuskript meines Herbariums fertigstellen«, sagt er, und seine Augen leuchten. Wie immer, wenn er über Blumen oder Pflanzen spricht. Clara räumt wortlos die Salatteller ab und stellt sie auf den Beistelltisch, damit das Hausmädchen sie in die Küche bringt.

»Und wie viele Monate wirst du fort sein?«, fragt sie.

»Wenn ich in zwei Wochen aufbreche, könnte ich Anfang Mai dort sein und das gute Wetter nutzen. Im Winter bräuchte ich die doppelte Zeit, um ins Gebirge vorzudringen. Es ist ein faszinierendes Land, wo sich neben einem Tal voller Gras und Obstbäumen eine Gebirgskette erhebt, auf deren Gipfeln man vor Kälte umkommt. Wenn die Kinder größer sind, können wir mal gemeinsam hinfahren.«

»Mal sehen«, erwidert Clara. Als der Kaffee kommt, gießt sie erst ihrem Mann eine Tasse ein und dann sich selbst. Langsam lässt sie den Löffel kreisen und sagt: »Ich dachte, hier in Prag, mit deiner neuen Stellung, hättest du endlich mehr Zeit für die Familie. Seit Jahren zieht es dich von einem Ort zum anderen …«

Das ist eine Anspielung auf die ständigen Stellenwechsel ihres Mannes, der begeistert alle Angebote von Regierungen und Universitäten annimmt, solange sie ihm ein Fortkommen bei seinen botanischen Forschungen ermöglichen.

»Natürlich, Liebes«, antwortet er zerstreut, in Gedanken bereits bei den Reisevorbereitungen. »Sobald ich aus Spanien zurück bin.«

11
Valdecabriel

Die beiden Mädchen stehen herum und betrachten den Holzstapel. Ihre Mutter hat für den beginnenden Sommer den neuesten Schrei geordert: Liegestühle. Sie tragen diesen Namen, weil man sich hineinlegen kann wie in ein Bett, nur eben tagsüber. Francisca, das Hausmädchen, betrachtet die Ungetüme, als wären sie ein Werk des Teufels.

»Legt man sich da bekleidet drauf oder ist das für die Nacht?«, fragt Luisa und kreist neugierig um eine der Liegen.

»Señorita!«, ruft Francisca und bekreuzigt sich.

»Sie werden in den modernsten Sanatorien verwendet, damit die Kranken an der frischen Luft gesunden«, erklärt Mercedes vorsichtig, damit Luisa sich nicht angegriffen fühlt. »Und an den Stränden sind sie jetzt auch in Mode, so können die Badenden sich zwischen ihren erfrischenden Bädern ausruhen. Da dachte ich mir, das wäre auch was für uns.«

»Aber hier gibt es doch gar kein Meer«, wirft Luisa ein.

»Und wenn wir sie ans Flussufer stellen? Dann wäre das Pflanzensammeln weniger anstrengend für mich, und du könntest dich zurücklehnen und schreiben«, schlägt Alba vor.

Beide schauen sie ihre Mutter an, die nickt und sagt: »Wir stellen zwei in den hinteren Garten, an die Seite. Und die anderen beiden könnt ihr für eure Ausflüge mitnehmen, und wenn ihr fertig seid, stellt ihr sie in die Hütte des Schäfers. So verwittern sie nicht. Aber wir müssen ihn natürlich erst um Erlaubnis fragen.«

»Wen?«

»Den Schäfer, Luisa. Wen sonst?«

»Was soll er dagegen haben? Das Land gehört uns«, meint Luisa.

»Das Land mag uns gehören, aber sie bewirtschaften es das ganze Jahr über, ihre Familien leben seit Generationen hier.«

»Aber haben wir nicht das Sagen?«, fragt Luisa und streicht unwillkürlich über das Medaillon aus gehämmertem Gold mit ihren Initialen, das ihre Mutter ihnen dieses Jahr geschenkt hat. Kein anderes Mädchen im Dorf besitzt etwas so Wertvolles.

»Luisa, das ist wie mit dem Fluss«, sagt Alba. »Der gehört uns auch nicht, oder? Und doch fließt er durch unser Land, nicht wahr? Mit dem Land verhält es sich genauso.«

Voller Stolz blickt Mercedes ihre Erstgeborene an.

»So ist es. Geht und kommt zeitig zurück, es gibt noch viel zu tun. Wir müssen das Abendessen vorbereiten, das wir Pater Bernardo versprochen haben.«

»Wieder eine Menge langweiliger, vornehmer Männer«, sagt Luisa und verzieht das Gesicht.

»Die eine Menge noch langweiligere Reden halten«, feixt Alba.

Dann rennen sie schnell hinaus, bevor ihre Mutter sie tadeln kann. In der Tat hat sie die Stirn in Falten gezogen, und das ist bei einer so sanftmütigen Frau wie ihr schon eine Art Bestrafung. Aber jetzt, da sie allein ist, lächelt sie amüsiert. Ihre beiden Töchter sind erwachsen geworden, sie sind schon junge Damen, auch wenn sie es selbst noch nicht wissen, und immer wenn sie sich kindisch verhalten, ist Mercedes erleichtert. Vielleicht weil sie selbst noch sehr jung ist und sich noch gut an ihre Zeit als Backfisch im österreichischen Internat erinnern kann.

Die Eindrücke der ersten Tage wird sie nie vergessen: Berge und Holzhütten, so weit das Auge reichte, ein Spielzeugland, dessen Sitten und Gebräuche ihr noch gänzlich unbekannt waren. Rotwangige Menschen mit freundlichem Blick, die in einem Sprachgewirr aus Deutsch, Französisch und Italienisch mit ihr sprachen. Fast das ganze Jahr über drang die Kälte durch die Kleidung bis auf die Haut, da konnte man unter so viele Wolldecken schlüpfen, wie man wollte. Nur das Kaminfeuer schaffte Abhilfe. Die Feuerschalen mit ihrem Geruch nach Asche und verbranntem Holz, das fremde Essen, das andere Fleisch, deutlich zäher, angerichtet mit unbekannten Saucen und Gewürzen. Doch schon nach ein paar Tagen hatte ihr das alles nichts mehr ausgemacht. Ab dem Moment, in dem sie den Klassenraum betrat, lösten sich alle Widrigkeiten in Wohlgefallen auf: Es war unbedeutend, dass sie fern von ihrer Familie war und dass sie doppelt so viel lernen musste wie ihre Klassenkameradinnen, weil ihr Deutsch äußerst mangelhaft war. Sie war langsam auf den Globus zugegangen, als würde sie unaufhaltsam von dem Objekt angezogen, das auf dem Tisch der Lehrerin stand, eine perfekte Kugel aus Kontinenten und Ozeanen, eingespannt in eine hölzerne Achse. Sie war mit dem Finger über die Oberfläche gefahren und hatte die Namen geheimnisvoller, ferner und urwüchsiger Orte entziffert. Plötzlich hatte sie eine unbeschreibliche Lust erfasst, sie zu entdecken. Als sie sich an ihr Pult setzte, war sie wie verwandelt.

Von dem Moment an träumte sie davon, die Welt zu bereisen und die Täler und Gipfel geheimnisumwobener Kontinente, ihre Flora und Fauna, ihre Bewohner kennenzulernen. Sie lernte eifrig und bemühte sich, die Erwartungen ihrer Eltern nicht zu enttäuschen. Jedes Jahr an Weihnachten kehrte sie nach Girona zurück und nahm die freudigen Glückwünsche ihres Vaters und die liebevolle Umarmung ihrer Mutter entgegen. Doch nicht dafür legte sie sich so ins Zeug: Zum ersten Mal in ihrem Leben hatte sie einen Plan. Jedes Jahr sparte sie heimlich jeden Cent, den sie erübrigen konnte, von ihrer Apanage. In einem Notizbuch hielt sie all die Namen der Länder und Städte fest, die sie besuchen wollte, und die besten Reisezeiten, denn an einigen Orten gab es sturzflutartige Regenfälle, durch die die Flüsse über die Ufer traten und die bestellten Felder überschwemmt wurden, und das war gefährlich. Viele Forscher waren unter solchen Umständen ums Leben gekommen. Sie plante alles genau: Wenn man sie abholte, um sie zurück nach Spanien zu bringen, würde sie ihren Eltern ihre Ersparnisse, ihre kostbare Ausbeute, zeigen und ihnen vorschlagen, sie noch ein weiteres Jahr durch Europa reisen zu lassen: Paris, Wien, Rom und London sollten die ersten Stationen sein, wo sie sich alles aneignen würde, was sie für die große Reise brauchte. Zuerst würde sie die Neue Welt bereisen, die Wiege all der wundersamen Entdeckungen, von denen die Lehrerin für Geografie und Naturgeschichte sprach, und dann würde sie sich aufmachen, die Geheimnisse Asiens zu entschlüsseln. Dafür wäre sie sogar bereit, Mandarin zu lernen. Die ganze Erde würde sich in eine Landkarte mit Wegen und Ozeanen verwandeln, die nur darauf warteten, von ihr entdeckt zu werden. Sie hatte sich den Luxus gegönnt, von einem Teil ihrer Ersparnisse ein paar strapazierfähige Stiefel aus weichem, anschmiegsamem Leder zu kaufen, mit denen sie gegen alle Unbilden der Witterung bestens gewappnet war. Mit ihnen würde sie die Welt erkunden.

In einer Kommodenschublade im ehelichen Schlafzimmer bewahrt sie bis heute das Notizbuch mit den Pergamentblättern voller Namen auf: Arabien, Afrika, Guinea, Brasilien, Indien, Australien, Siam.

12
Ein Spaziergang

Der Nachmittag ist frisch und der Spaziergang angenehm. Die drei schützen sich mit großen Strohhüten gegen die Sonne, sie sehen aus wie Damen auf dem Land auf dem Gemälde eines französischen Meisters. Mercedes bleibt vor einem unscheinbaren Busch mit weißen Blüten stehen.

»Zeichne das mal, Alba. Die Pflanze heißt Venusnabel, früher war sie hier weitverbreitet, aber jetzt sieht man sie immer seltener.«

»Ist der wissenschaftliche Name nicht *Omphalodes linifolia*?«, sagt Alba, während sie sich das Blatt aus Pater Bernardos Herbarium in Erinnerung zu rufen versucht, wo sie den Namen gelesen hat.

Die drei warten geduldig, bis Alba mit Zeichnen fertig ist, und dann fügt sie noch Datum, Uhrzeit und Ort der Entdeckung hinzu. Vorsichtig pflückt sie eine Blüte und legt sie zwischen zwei Bögen feines, nahezu durchsichtiges Seidenpapier. Sie drückt die Bögen sanft zusammen und schiebt sie in das Heft.

»Gut gemacht, Alba«, sagt die Mutter wohlgemut.

Wenn in Österreich Naturkunde auf dem Lehrplan stand, durften die Schülerinnen einmal in der Woche bewaffnet mit Scheren, Tütchen und Baumwollresten aufs Feld hinausziehen, um Blüten und Blätter zu pflücken und zu trocknen und sie später in der Schule zu untersuchen. Mercedes erinnert sich an die Abenteuerlust, die sie alle gepackt hatte, und die Freude, wenn sie mit ihrer Ausbeute heimkehrten. Dasselbe Gefühl sieht sie auch in den Gesichtern ihrer Töchter, ernst und konzentriert das von Alba und verträumt das von Luisa, wenn sie gebannt einem vorbeifliegenden Schmetterling nachschaut.

Sie setzen ihren Spaziergang fort, bis Luisa die Hand hebt und alle wie auf Kommando stehen bleiben, als wären sie ein Trupp Soldaten auf Eroberungsmission. Sie hat einen Schmetterling mit breiten, bunt gefärbten Flügeln entdeckt, an deren Rändern mehrere Augen prangen. Er lässt sich gerade auf einer Brennnessel nieder.

»Keine Bewegung«, raunt sie und pirscht sich vorsichtig heran. Bedächtig streckt sie die Hand aus und berührt den zarten Flügel des Tieres. Der Schmetterling bleibt seelenruhig auf der Brennnesselblüte sitzen.

Doch dann wird er durch ein Knacken aufgescheucht und fliegt davon. Ein Schaf hat sich von der Herde entfernt und ist auf der Lichtung am

Fluss gelandet. Es trinkt Wasser und starrt sie verwirrt an, als wüsste es nicht, wohin. Vom Hügel hört man einen Pfiff, und die Hütehunde kommen angerannt und geleiten es zurück zu seinen Artgenossen.

Luisa sagt zu ihrer Mutter: »Der Schmetterling wird Tagpfauenauge genannt, da seine aufgespannten Flügel an das prachtvolle Rad eines Pfaus erinnern. Mal sehen, ob ich ein Exemplar einfangen kann. Es gibt viele davon.«

Mercedes streicht ihrer jüngeren Tochter voller Stolz über die Wange. Ein kühler Windzug kündigt den nahenden Abend an. Mercedes senkt den Kopf und blickt zu Boden. Sie hat ihre Lederstiefel angezogen, mit denen sie die Welt erkunden und alle Grenzen überschreiten wollte. Ein leiser Schmerz erfasst ihre Kehle, und sie beginnt kräftig zu husten.

»Ist alles in Ordnung, Mutter?«, fragt Luisa besorgt.

»Aber ja, Kinder. Es ist nichts«, erwidert Mercedes und unterdrückt den Husten mithilfe eines Taschentuchs. »Vielleicht habe ich mich ein wenig erkältet, nichts weiter. Kommt, wir machen uns auf den Heimweg, es wird Zeit.«

13
Eine Hütte

Die Teile einer Pflanze

Pflanzen bestehen aus Wurzel, Stiel, Blättern, Blüten, Früchten und Samen. Unter der Erde, unsichtbar und vor der Sonne geschützt, befindet sich die Wurzel, die sich tief in die Erde eingräbt, bis sie Wasser und Mineralien findet, die ihr das Wachstum ermöglichen. Ohne Wurzeln können Pflanzen nicht überleben. Über den Stiel gelangt die Nahrung vom Boden in die Blätter, und von dort verteilen sich die Nährstoffe in der übrigen Pflanze. Dank des Stiels wächst die Pflanze in die Höhe, bis sie das für sie unverzichtbare Sonnenlicht erreicht. Je nach Wachstumskraft ist der Stiel mal kürzer und mal länger. Die Blätter erzeugen über das Chlorophyll Sauerstoff, indem es das Sonnenlicht absorbiert und Kohlenstoffdioxid in Sauerstoff verwandelt. Der Prozess wurde von deutschen und englischen Wissenschaftlern entdeckt und nennt sich Fotosynthese. Zusätzlich haben die Blätter die Funktion, Wasser aufzunehmen und Gase entweichen zu lassen. Sie können ganz unterschiedliche Formen haben. Die Früchte spielen eine wichtige Rolle bei der Herstellung der Samen. Die Samen dienen dazu, dass neue Pflanzen entstehen; einige benötigen nach der Aussaat besondere Pflege und andere nicht.

Alba hält inne und legt die Feder beiseite. Die Worte sind so armselig. Wie man sie auch dreht und wendet: Es ist kein Vergleich zu dem Gefühl, wenn man mit der Fingerspitze über den Stiel einer gerade aufgegangenen Blüte fährt, zu den weichen, saftigen Blütenblättern selbst der Blume, zu der großen Verheißung einer einfachen Handvoll Samen. Nein, die Beschreibung wird der kraftstrotzenden, schillernden Realität der Vegetation, der Flora und Fauna ihres Tales nicht gerecht.

»Nun, es ist ja eigentlich nicht mein Tal«, ruft sie sich laut in Erinnerung, als wollte sie Valdecabriel für ihre Anmaßung um Verzeihung bitten. Denn wie ihre Mutter gesagt hat, da sind die Landarbeiter, Pächter und Schäfer, die das Land seit Generationen kennen, Männer und Frauen, deren Familien zwischen den Hügeln und Tälern geboren wurden und gestorben sind, sie haben mehr Recht, das Land ihr Eigen zu nennen, auch wenn sie arm sind, so bettelarm, dass sie vor Hunger weinen und mit Steinen Suppe kochen, oder zumindest hat Francisca ihr das so von den Zeiten der großen Hungersnöte erzählt.

Sie hat auch gemerkt, dass Valdecabriel nicht ihnen gehört, als sie den Schäfer getroffen haben, zu dem sie am Morgen gegangen sind, um ihn um Erlaubnis zu bitten, die modernen Liegen in seiner steinernen Hütte unterzustellen, wie die Mutter es von ihnen verlangt hatte. Anfangs bekam er die Zähne nicht auseinander und sah die beiden Mädchen vor seiner Hütte nur an, die nach der Anstrengung des weiten Weges von La Solariega bis zur Hütte keuchten, denn es war ihm vollkommen schleierhaft, was sie da anschleppten. Stühle so lang wie Betten oder Betten schmal wie Stühle, eine Kombination aus Holz und Stoff, ein aberwitziges modernes Konstrukt mitten im Gebirge, wo man nur das Quaken der Frösche, den Gesang der Vögel und das Zirpen der Zikaden hörte, die Klänge der wilden Natur im Wasser, in der Luft und auf der Erde. Die Schwestern kamen sich albern vor, als sie ihm erklärten, was sie wollten und was sie mit den Liegestühlen vorhatten.

»Sieh, die sind für das Flussufer«, sagt Alba. Sie lässt sich in den Liegestuhl gleiten, schließt die Augen und fächelt sich Luft zu wie eine Sonnenanbeterin, die dem Müßiggang frönt. Es kommt ihr gar nicht in den Sinn, wie seltsam der Anblick anmuten muss. Dann steht sie auf, klappt den Stuhl zusammen, deutet auf die Hütte und fügt hinzu: »Nach Gebrauch sollen sie in der Hütte untergestellt werden, geschützt vor Wind und Regen.«

Der Schäfer sagt immer noch kein Wort und Luisa fragt: »Wie heißt du, Junge?«

Der Blick aus den schwarzen Augen wandert von Alba und dem Liegestuhl zu ihr. Ein Windstoß fegt durch das Tal, und Luisa erschaudert.

»Antonio.«

»Schön, Antonio, wir werden dich nicht weiter stören«, sagt Luisa geduldig. »Wir kommen nur hier hinunter ins Tal, und wenn es dunkel wird oder regnet, stellen wir die Liegestühle bei dir unter.«

»Wenn es dunkel wird?«

»Nun ja, auf jeden Fall vor Sonnenuntergang«, erklärt Alba rasch. »Wir dürfen nicht so spät nach Hause kommen, Luisa.«

Luisa und Alba betrachten den wieder aufgeklappten Liegestuhl, die blau-weißen Streifen, wie gemacht für die französische Riviera oder einen Strand am Atlantik, für jeden anderen Ort, aber nicht für die Landschaft aus Steinen und Gestrüpp vor Antonios Hütte. Als Alba wieder aufblickt, ist Luisas Antlitz leicht gerötet, vielleicht durch die Mittagssonne oder die Anstrengung des Aufstiegs. Antonio schiebt die Hand in die Hosentasche. Er zieht ein langes Eisenstück heraus und hält es ihnen hin.

»Was ist das?«, fragt Alba.

Luisa streckt die Hand aus und greift danach. Es fühlt sich warm an, und die Wärme überträgt sich auf ihre Haut.

»Ein Schlüssel«, sagt sie.

»Für die Hütte« sagt Antonio und deutet mit dem Kopf auf die Tür der steinernen Hütte. Er stößt sie auf und zeigt ihnen das Innere. Darin befinden sich sorgfältig in Tücher und Decken verpackte Werkzeuge, mehrere Körbe, stapelweise gegerbte Schafshäute, eine Menge Stroh und eine Seilrolle. Luisa steckt den Kopf hinein. Es riecht nach Tier und Erde. Sie rümpft die Nase und weicht zurück. Der Schäfer tritt ein paar Schritte zurück, schließt die Tür und streckt die Hand aus.

»Was will er denn jetzt?«, fragt Alba.

»Woher soll ich das wissen«, sagt Luisa, und Antonio lächelt zaghaft; er hat noch alle Zähne, und sie weiß nicht, warum sie das erleichtert.

»Den Schlüssel, um zu zeigen, wie man auf- und zusperrt, Señorita.«

Er hat tatsächlich »Señorita« gesagt, weil sie junge Damen aus der Stadt sind. Ein Wort, zwei Welten. Alba lächelt insgeheim und versetzt ihrer Schwester einen Stoß mit dem Ellenbogen, aber die steht wie angewurzelt da und macht keine Anstalten, ihn herzugeben. Nach einer Weile schnellt ihre Hand vor, als hätte sie Feuer gefangen.

Der Schäfer steckt den Schlüssel in das Schloss, das man kaum als solches bezeichnen kann, es ist eine klobige Eisenvorrichtung, die mit einem Riegel dafür sorgt, dass Raubtiere, Wölfe oder Wildschweine nicht in die Hütte eindringen können. Kraftvoll dreht er den Schlüssel zweimal herum und wendet sich ihnen wieder zu.

»Sehen Sie, Señorita? So schließt man ab.«

»Und beim Aufsperren macht man es genau umgekehrt«, sagt Luisa mit leicht bebender Stimme.

Antonio nickt, dreht sich um und geht wieder zu seiner Herde.

Die beiden Schwestern bleiben noch eine Weile vor der Hütte stehen und wissen nicht recht, was sie tun sollen. Die Liegen stehen wie lahme Pferde auf dem holprigen, felsigen Boden, bis Alba sie in der Hütte verstaut. Ein zorniger Windstoß lässt die Tür mit einem dumpfen Schlag zufallen.

14

Blumen und Schmetterlinge

Nach einer Weile wird klar, dass die beiden Mädchen ein eigenes Arbeitszimmer brauchen: Alba für ihre Blumen und Luisa für ihre Schmetterlingssammlung.

»Dann stören sie dich nicht länger, Eduardo«, sagt Mercedes in der Hoffnung, ihn überzeugen zu können. »Wir verbringen immer mehr Zeit in Monreal, das ist längst keine Sommerresidenz mehr.«

Sie senkt den Blick, und ihr Mann legt die Zeitung beiseite, die er immer beim Frühstück liest, und nimmt ihre Hand. Beide kennen den Grund.

»Wie geht es dir heute?«, fragt er.

»Besser … mach dir keine Gedanken«, erwidert Mercedes sanft. Sie möchte nicht, dass ihr Mann sich sorgt. »Aber die Mädchen brauchen mehr Platz, Eduardo.«

Nach dem kurzen Moment der Zärtlichkeit wird ihr Mann ernst.

»Aber können sie sich denn nicht im Salon aufhalten und gemeinsam mit der Familie lesen oder Karten spielen, alle an einem Tisch?«

»Mit ihren Blumen und Schmetterlingen?«, fragt Mercedes, und beide wissen, worauf sie anspielt. Vor zwei Wochen hat Eduardo an der Wand im Flur neben Luisas Zimmer einen aufgespießten Schmetterling entdeckt und Francisca angewiesen, das Tier zu entfernen, sehr zum Missfallen seiner Tochter.

»Leidenschaft ist eine Sache, aber das grenzt ja an Besessenheit«, gibt Eduardo zurück.

»Pater Bernardo sagt, Teruel könne stolz sein, dass unsere Töchter sich so eifrig der Botanik und der Insektenkunde widmen, mein Lieber.«

»Botanik und Insektenkunde!«, ruft Eduardo und schnalzt mit der Zunge. »Als hätten sie eine große Karriere in der Wissenschaft vor sich! Meinetwegen können sie sich die Zeit damit vertreiben, aber es ist und bleibt nur eine Liebhaberei.«

»Eine Liebhaberei? Weißt du, wie viele Schmetterlinge Luisa schon gesammelt hat? Mehr als zwanzig! Und sie sagt, wenn sie sich dahinterkniete, könnte sie ihre Sammlung in wenigen Wochen verdoppeln. Und Albas Pflanzen sind so empfindlich. Die Hausmädchen halten sie oft für Unkraut und werfen sie in den Müll, und die ganze Arbeit war für die Katz.«

»Arbeit? Das ist doch keine Arbeit!«

Eigentlich hat Eduardo gar nichts gegen den Vorschlag. Er kann nur nicht verstehen, warum zwei junge Mädchen außer ihrem Schlafzimmer noch ein weiteres Zimmer beanspruchen, als wären sie Rechtsanwälte oder Ärzte. Er verfügt natürlich sowohl in dem Haus in Santa Ana als auch in dem in Girona über ein eigenes Arbeitszimmer, aber das ist wegen der Geschäfte, und da ist das Wort Arbeit angebracht: Dort trifft er sich mit seinem Buchhalter oder er empfängt Besucher, die ihn um einen Gefallen oder um Geld bitten (meistens um Letzteres). Deswegen gibt er nicht so schnell nach: »Das ist doch nicht normal, am Ende werden sie sich dort den ganzen Tag verschanzen. Kann man ihnen nicht einfach einen weiteren Schrank in ihr Zimmer stellen?«

»Gütiger Gott, Eduardo. Alba braucht einen größeren Schreibtisch als den in ihrem Schlafzimmer, damit sie ordentlich arbeiten und die Namen und Zeichnungen für jede Pflanze festhalten kann, wie es sich gehört. Und außerdem stapeln sich inzwischen die Handbücher und Pflanzensammlungen, und bei Luisa sieht es mit ihren Insektenbüchern und den Gedichtbänden nicht anders aus.«

Das bringt ihren Mann noch mehr in Rage: »Die ganzen Bücher kosten ein Vermögen, einige findet man nicht in Spanien, und mein Buchhändler in Madrid muss viel Zeit und Geld investieren, um sie aus Europa zu importieren. In ihrem Alter sollten sie sich mit anderen Dingen beschäftigen. Sie sollten sich fürs Klavierspielen oder fürs Nähen begeistern wie …«

Mercedes fährt ihm in die Parade: »Wie normale junge Mädchen? Wolltest du das sagen?«

»Liebes …« Eduardo faltet die Zeitung zusammen und will die Hand seiner Frau ergreifen, doch die zieht sie weg.

»Das liegt wohl daran, dass ihre Mutter ihnen seltsame Vorstellungen vermittelt hat. Wie die Natur zu lieben, sich für die Welt zu interessieren und an seine Fähigkeiten zu glauben. Deine Töchter müssen eine herbe Enttäuschung für dich sein, wenn du erwartet hast, dass sie so gefügig sind wie die Heerscharen junger Mädchen, die auf der Jagd nach einem passenden Ehemann durch die Salons von Madrid und Barcelona stolzieren.«

Draußen stimmen in den Gipfeln des Kiefernwaldes die Blaumeisen ihren frühmorgendlichen Gesang an, und das fröhliche Gezwitscher steht im krassen Gegensatz zu dem eisigen Schweigen im Esszimmer. So hat sie noch nie mit ihrem Mann gesprochen. Eduardo hüstelt und sagt: »Wähl ein Zimmer aus und lass es herrichten. Meinen Töchtern soll es an nichts mangeln, und du hast hier im Haus das Sagen. Thema erledigt.«

Er steht auf und hüstelt ein weiteres Mal. Wortlos nimmt er die Zeitung und zieht sich in sein Arbeitszimmer zurück.

Mercedes bedauert lediglich den scharfen Ton, aber nicht den Inhalt ihrer Standpauke.

15
Ein Arbeitszimmer

Mercedes begleitet ihre Töchter durch den langen Flur, der zum ehemaligen Gewächshaus von La Solariega führt.

»Kommt mit, ich habe eine Überraschung für euch.«

Als sie die Tür öffnet, ist es, als hätte ein Zauberer dort gewaltet und alles auf den Kopf gestellt: In dem Raum, dessen Fenster zum hinteren Teil des Gartens von La Solariega hinausgehen und den sie als Sommersalon genutzt haben, stehen jetzt zwei Schreibtische einander gegenüber. Anstatt der Bilder und Vasen befinden sich hier nun leere Holzregale mit Glastüren, die darauf warten, mit Büchern und Heften gefüllt zu werden. An der Wand gegenüber den Schreibtischen befindet sich eine Vitrine mit vielen rechteckigen Holzschubladen mit gläserner Abdeckung. Zaghaft geht Luisa darauf zu und stellt fest, dass sie voller Schmetterlinge sind.

»Das ist ja meine Sammlung, Mutter. Was hat das alles zu bedeuten?«

»Das ist euer Arbeitszimmer, Kinder«, sagt Mercedes zufrieden. »Hier könnt ihr die Exemplare, die ihr draußen gesammelt habt, ordnen und klassifizieren und in aller Ruhe Zeichnungen davon anfertigen.« Und an Alba gewandt fügt sie hinzu: »Du hast genug Platz, um für jede Blume eine Karteikarte zu erstellen und sie aufzubewahren, ich habe veranlasst, dass all deine Sammlungen hierhergebracht werden. Du kannst sie jederzeit einsehen. Und du, Luisa, hast jetzt auch endlich ausreichend Platz für deine Schmetterlinge. Die Vitrine wurde nach Maß angefertigt, sie fasst die vorhandenen Exemplare und alle, die da noch kommen. Und hier«, sagt sie und öffnet einen Schrank, »habt ihr alles Nötige für die Sammlung eurer Proben: Tüten, Heckenscheren, Gärtnerhandschuhe, Leinenpapier und Baumwolle für die Pflanzen und Glasgefäße für die Schmetterlinge.«

»Ich bin sprachlos«, haucht Alba.

»Mutter …«, sagt Luisa gerührt.

Ihre Blicke wandern immer wieder ungläubig durch den Raum. Das durch die Fenster einfallende Licht lässt alle Oberflächen erstrahlen: das Holz der Tische, den gebohnerten Boden, die hellen Vorhänge, das Tintenfass und die Hefte, die auf den glückseligen Moment warten, in dem die Schwestern ihren Wissensdurst und die Früchte ihrer Arbeit darin festhalten werden.

Alba dreht sich um und blickt ihre Schwester an. Beide lachen selig, das Herz geht ihnen über vor

Freude. Dankbar umarmen sie die Mutter und überhäufen sie mit Küssen.

Nach dem Abendessen ziehen sie sich gleich in ihr neues Arbeitszimmer zurück.

»Was ist das für ein Schmetterling?«, fragt Alba.

»Der heißt Schwalbenschwanz, laut Pater Bernardo ist der wissenschaftliche Name *Papilio machaon*«, erwidert Luisa.

»Er sieht aus, als hätte er Augen auf den Flügeln.«

»Es ist der Erste, den ich gefangen habe. Es gibt viele davon im Tal, aber er hat sich nicht so einfach fangen lassen. Er stößt eine beißende, nach Schwefel riechende Flüssigkeit aus, wenn er sich bedroht fühlt.«

»Ist er etwa gefährlich?«, fragt Alba und geht einen Schritt zurück.

»Nein, nein. Das macht er nur, um sich zu schützen, das ist alles. Außerdem kann er uns jetzt nichts mehr tun.«

Die beiden betrachten den Schmetterling, der nun für immer in dem Schaukasten gefangen ist. Luisa beschriftet das Etikett und schiebt es seitlich hinein.

»Tun sie dir nicht leid?«

Luisa weiß, was ihre Schwester meint. Sie schüttelt den Kopf.

»Ich nehme ja nur einen. Alle anderen sind frei, und so dokumentieren wir, dass sie in ihrer Einzigartigkeit existieren. Woher sollen wir sonst wissen, wie die Schmetterlinge heißen?«

Alba überlegt einen Moment und sagt: »Wie bei den Pflanzen, die ich zwischen den Buchblättern trockne, sie leben ja auch nicht mehr. Ich weiß, die anderen sehen das anders, aber für mich sind es Lebewesen. Immer wenn ich eine neue Pflanze entdecke, muss ich sie mir näher ansehen und mitnehmen. Wie ein Rätsel, das es um jeden Preis zu lösen gilt.«

»Im Grunde unterscheidet sich ihr Leben gar nicht so sehr von unserem. Sind wir nicht auch hinter Glas gefangen?«, sagt Luisa und deutet auf den Horizont mit den Bergen und Feldern, den Herden und den Landarbeitern, die gerade die Ernte einbringen. »Es gibt Dinge fern von La Solariega, die wir niemals kennenlernen werden.«

Wehmut liegt in ihrer Stimme, als wähnte sie das alles bereits verloren.

»Das wird sich ändern, du wirst sehen. Wenn wir älter sind und allein reisen dürfen, werden wir studieren, wie unsere Mutter«, sagt Alba entschieden.

»Wo? In Österreich?«

»Keine Ahnung. Vielleicht. Oder in Frankreich, Deutschland oder England.« Alba zuckt mit den Schultern. »Wo es Lehrer gibt, die Botanik und Insektenkunde unterrichten. Wie die Lektionen von Pater Bernardo, nur ohne Pfeifenrauch!«

Die Mädchen lachen.

»Ich meine es ernst, Luisa«, sagt Alba nachdrücklich, als sie die Skepsis im Blick ihrer Schwester bemerkt. Die macht eine ausladende Geste Richtung Arbeitszimmer.

»Ich weiß nicht, Alba. Die Schmetterlinge in den Schaukästen verändern sich nicht«, sagt Luisa. »Manchmal wünschte ich, die Welt bliebe immer gleich, wie meine Schmetterlinge, und wir könnten für immer hier in diesem Arbeitszimmer bleiben, nur du und ich. Hier sind wir wenigstens frei.«

Die beiden Schwestern sehen sich an.

Alba ist verstimmt. Sie möchte nicht über das nachdenken, was ihre Schwester gerade gesagt hat, vielleicht, weil mehr Wahrheit darin liegt, als sie zugeben möchte. Sie bemüht sich, den Gedanken zu verdrängen, und beugt sich beflissen über ihr Heft, um noch einige Details zu den Blumen zu ergänzen, die sie von ihrem nachmittäglichen Ausflug mitgebracht hat. Durch die Glastüren dringt bereits die Dämmerung herein.

16
Ein Fremder

Der Fremde blickt durch das Fenster der Kutsche. Er ist nicht zum ersten Mal in Spanien unterwegs. Er kennt die Wege der Halbinsel wie seine Westentasche, er kann die Namen der Bäume, Pflanzen, Sträucher und Blumen im Schlaf herunterbeten. Sein Kopf ist ein wohlgeordnetes, präzises Archiv. Jeder Name in einer Schublade, ein Etikett für jede Familie. Klassen und Ordnungen. Gattungen und Arten. *Vallisneria spiralis. Ulex australis. Taxus baccata.* In seinen Reiseaufzeichnungen marschieren die Namen wie exotische Spinnen über die Seiten. Er trägt die Briefe bei sich, die er über die Jahre mit Pater Bernardo ausgetauscht hat, seit sie sich auf dem Kongress des Botanischen Vereins von Berlin kennengelernt hatten. Der letzte Brief, den er in Prag angefangen hat zu schreiben, liegt unvollendet in seiner Aktentasche. Stattdessen hat er telegrafiert, das ging schneller. Als sie das Zentrum des Dorfs erreichen, lädt der Kutscher den Koffer ab, stellt ihn auf den Boden und klappt die Stufen herunter, damit der Gast aussteigen kann; er nimmt die Mütze ab. Als der Deutsche aus der Kutsche steigt, bleibt in Santa Ana die Zeit stehen. Die Köpfe der Männer und Frauen, alle mit dunklem Haar und sonnengebräunter Haut, drehen sich zu ihm, voller Erstaunen, was da für ein Hüne mit blondem Haar, heller Haut und blauen Augen vor ihnen steht und sie freundlich anblickt. Der Kutscher räuspert sich, und das Leben geht weiter: Alle wenden sich wieder ihren Beschäftigungen zu, auch wenn sie den Neuankömmling weiter aus den Augenwinkeln beobachten. Der Reisende sucht nach ein paar Münzen für den Kutscher. Der zeigt sich äußerst zufrieden mit der Bezahlung und bietet ihm weitere Dienste an.

»Soll ich Sie ins Hotel begleiten, Señor?«

»Nein, zur Kirche, wenn Sie so freundlich wären.«

Überrascht führt der Kutscher ihn durch die engen Gassen Monreals zwischen Häusern aus gekalktem Stein zum Portal der halb restaurierten Kirche. Der Gast trägt seinen Koffer ins Kirchenschiff und genießt nach der langen, heißen Fahrt die angenehme Kühle im Innern. Er stellt ihn ab und geht auf die Tür der Sakristei zu, aus der Stimmen dringen, die monoton etwas wiederholen wie in einer Litanei. Er streckt den Kopf hinein und wird von einem »Zwei mal zwei, vier; zwei mal drei, sechs; zwei mal vier, acht …« empfangen.

Er klopft an die Tür, und vier Gesichter wenden sich ihm zu.

»Mein lieber Freund!«, ruft Pater Bernardo und legt sogleich das Lehrbuch beiseite.

Heinrich Moritz Willkomm lächelt.

Und noch ein weiteres Augenpaar blickt ihn neugierig aus einer Ecke der Sakristei an. Alba hat noch nie in ihrem Leben einen derart hellen Schopf gesehen. Der unerwartete Gast und der Priester begrüßen sich freudig, und Pater Bernardo ruft Alba zu: »Señorita Alba, fahren Sie mit dem Einmaleins fort, ich bin gleich wieder da.«

Alba nickt und steht auf, um vorzutreten. Der Neuankömmling sieht sie an. Er neigt höflich den Kopf, und in dem Moment bemerkt Alba die besondere Farbe seiner Augen: Sie sind tiefblau wie die Blüten der Steinsamen.

Sie erwidert den Gruß und ein leichter Schauder lässt sie erbeben, als sie den Schal aufhebt, der von der Rückenlehne gerutscht ist. Es ist kühl in der Kirche, denkt sie. Man sollte ein Kohlebecken aufstellen, zumindest im Frühjahr.

»Auf, Kinder. Zwei mal zwei, vier; zwei mal drei, sechs …«

17
Ein Fest

Fröhlich klirren die Gläser aus feinstem böhmischen Kristall bei dem rauschenden Fest im Hause Peñafiel. Es ist bereits weit nach Mitternacht, und die erlesenen Gäste genießen seit Stunden köstliche Speisen begleitet von Weinen aus der Region. Es wird immer wieder angestoßen: auf die Eisenbahn, auf den Aufschwung in der Region und auf die Zukunft des Vaterlandes. Jeder Vorwand ist willkommen, um sich noch ein Gläschen zu genehmigen, jeder Hochruf zieht weitere nach sich. Auf einem Beistelltisch warten die Sherryflaschen, die Eduardo aus dem Weinkeller hat holen lassen, darauf, dass man sie zusammen mit dem Kaffee, den kubanischen Zigarren und den Süßigkeiten serviert.

»Auf die Aragonesische Wirtschaftsgesellschaft!«, ruft Fernando Ruiz aus.

»Ein Hoch auf die Wirtschaftsgesellschaft!« Alle applaudieren.

»Und ein Hoch auf ihr neues Mitglied!«, ruft ein anderer Gast.

Fernandos Bemühungen um den Bau der Eisenbahn in Teruel haben ihm einen Platz unter den mächtigsten Männern der Provinz verschafft. Sein Gesicht strahlt vor Genugtuung. Eduardo Ruiz de Peñafiel beobachtet ihn schweigend. Trotz seiner Jugend spricht Fernando mit großer Eindringlichkeit, jeder Satz strotzt vor Selbstbewusstsein, es kann ihm alles nicht schnell genug gehen. Er besitzt die unbändige Kraft einer Lokomotive, wie die, die er bauen will. Eduardo gibt den Bediensteten ein Zeichen, und sie servieren den Herren den Sherry. Er ist bestens gelaunt, er liebt es, Feste zu geben, Freunde einzuladen und seinen Reichtum zur Schau zu stellen. Er ist stolz auf seine Frau Mercedes, die eine perfekte Gastgeberin ist und jedes noch so kleine Detail im Blick hat. Draußen im Garten von La Solariega werden Laternen angezündet, die bis zum Morgen brennen. Das Haus wird die ganze Nacht wie ein Rubin zwischen den Felsen leuchten.

Luisa sitzt am Klavier, so kann sie sich am besten den leidigen Gesprächen entziehen. Alba muss sich daher doppelt ins Zeug legen und sich wie ihre Mutter um die Gäste kümmern. Sie sitzt neben Fernando, der gerade seinen Sherry getrunken hat und sie mit glühenden Wangen fragt: »Und was halten Sie vom Wunder der Eisenbahn, Señorita?«

»Ich weiß nicht, was ich dazu sagen soll, Señor Ruiz.«

»Denken Sie nur, wie fantastisch es sein wird,

wenn man von Madrid, Barcelona und Zaragoza aus mit der Eisenbahn an alle Orte unseres Landes gelangen kann und sogar weit über die Landesgrenzen hinaus nach Paris und Rom!«

»Ich bin bislang nur wenig gereist. Aus eigener Anschauung kenne ich nur Barcelona, Santa Ana und die Sierra de Albarracín. Alles andere kenne ich aus Büchern oder aus den Erzählungen meiner Mutter, die in Österreich studiert hat«, sagt Alba.

»Dann darf ich Sie dazu beglückwünschen, dass Sie schon bald in den Genuss des Privilegs kommen werden, faszinierende Städte zu entdecken«, erwidert Fernando. »Paris, Madrid, London … Und das alles selbstverständlich direkt von Barcelona aus, das in puncto Eisenbahn führend in unserem Land ist. Sind Sie nicht neugierig darauf, sie zu erkunden?«

Alba denkt kurz nach und sagt entschlossen: »Vielleicht. Wenn der Tuileriengarten, der Hyde Park oder der Retiro tatsächlich so schön sind, wie behauptet wird.«

Fernando versteht nicht ganz.

»Die Leidenschaft meiner Tochter gilt nicht der Eisenbahn, Señor Ruiz, sondern der Natur«, mischt sich Mercedes liebevoll ein.

»Nichts vermag einen mehr in Erstaunen zu versetzen, kann ich nur sagen! Oder kennen Sie ein reizvolleres Schauspiel als die Schönheit der Natur?«, pflichtet Pater Bernardo ihr bei. »Mein lieber Heinrich, welche Ecke würden Sie, der ganz Europa bereist hat, einer unerfahrenen Reisenden und Liebhaberin der Botanik wie Señorita Alba empfehlen?«

Alba lächelt wegen der Anspielung auf ihre Leidenschaft. Der Kerzenschein taucht alles in ein magisches Licht. Zwei geflochtene Strähnen lösen sich aus ihrer Hochsteckfrisur und fallen auf ihre Wangen.

»Das ist nicht leicht zu beantworten, mein Freund«, sagt der Deutsche zögerlich. »Die moderne Wissenschaft kümmert sich, wie Sie wissen, zunehmend darum, die Pflanzen zu klassifizieren und in Kategorien einzuordnen, und in den Kolonien in Übersee werden jeden Tag neue Arten entdeckt. Deshalb unterstützen viele Regierungen den Bau von riesigen botanischen Gärten, und Europa ist voller großartiger Refugien für Menschen, die der Botanik zugetan sind. Señorita Alba könnte ein Jahr lang durch Europa reisen und würde immer wieder neue großartige Parks und botanische Museen entdecken.«

»Das klingt ja fantastisch! Sie müssen uns unbedingt noch mehr berichten, Señor Willkomm«, entfährt es Alba. Der Angesprochene muss angesichts der überbordenden Begeisterung schmunzeln. Sie betrachten sich gegenseitig voller Neugier.

Luisa lässt am Klavier die ersten flotten Töne eines Nocturnes erklingen.

»Nun ja«, überlegt Willkomm laut. »Der botanische Garten von Wien ist ein Wunderwerk der Technik, er verfügt über einen riesigen verglasten Wintergarten mit einer Stahlkonstruktion. Mehrere Ingenieure haben jahrelang daran gebaut, er hat ein Vermögen gekostet.«

»Ich erinnere mich! Wir haben ihn einmal von dem Internat in Österreich aus besucht, wo ich zur Schule gegangen bin«, sagt Mercedes mit strahlendem Gesicht.

»Dann können Sie ja bestätigen, wie außergewöhnlich er ist«, fährt Willkomm fort. »Er wurde von Kaiserin Maria Theresia gegründet, und man kann sich leicht zwischen den Tausenden Orchideenarten dort verlaufen. Und es lässt einen die Zeit vergessen: Abgesehen von dem betörenden Duft der Blüten, der einem die Sinne vernebelt, wenn man ihn zu lange einatmet, sind die Pflanzen so allgegenwärtig, dass man sich am Ende beobachtet fühlt und glaubt, man sei von echten Lebewesen mit Verstand, wie wir ihn besitzen, umgeben.«

»Was für eine skurrile Vorstellung!«, ruft Fernando.

»So abwegig ist das gar nicht. Sie atmen und benötigen Wasser wie wir Menschen auch. Pflanzen sind keine Tiere, aber sie sind auch keine Steine. Es ist unerlässlich, dass wir diesbezüglich endlich zu einer Definition kommen, meinen Sie nicht?«

»Mir erscheint es dringlicher, die Wirtschaft eines Landes voranzubringen.«

»Aber schließt sich das denn gegenseitig aus? Ist Wissen nicht auch eine Form von Reichtum?«, widerspricht Heinrich. »In Berlin und Frankfurt haben die botanischen Gesellschaften großartige Gärten gegründet, wo die Bürger der Stadt frische Luft schnappen und dabei die herrliche Vegetation genießen und die Studenten die Biologie der Pflanzen erlernen können. Und an der Wirtschaftskraft Deutschlands gibt es ja wohl keine Zweifel.«

»Blödsinn!«, ereifert sich Fernando. »Der Reichtum eines Landes ist eine Sache und seine Gärten und Parks eine andere.«

Heinrich Willkomm runzelt die Stirn, doch noch bevor er etwas sagen kann, prescht Alba vor: »Kürzlich hat ein anerkannter Chemiker, Señor José Rodríguez Garrido, im Ateneo Mercantil von Madrid einen Vortrag über die Bedeutung der Naturwissenschaften für den sozialen Status eines Volkes gehalten. Ich habe den Bericht darüber im *Diario de Zaragoza* gelesen.«

Es wird still im Raum, dann beginnen die Ersten zu tuscheln. Die Gäste wissen, dass Eduardos Töchter anders sind als die Mädchen aus dem Dorf und dass die Mutter ihnen eine moderne Erziehung angedeihen lässt; aber der Aplomb ihrer Rede hat sie doch überrascht. Und dass sie das verdächtige Wort »sozial« verwendet und sich ungefragt in ein Gespräch der Erwachsenen eingemischt hat, kommt auch nicht gut an. Nur bei dem Deutschen mischt sich in die Überraschung auch ein wenig Bewunderung.

»Sei's drum!«, versucht Eduardo die Gemüter zu beruhigen und dem Gespräch eine neue Wendung zu geben, das Fernando offensichtlich nicht behagt, seinem ernsten Gesichtsausdruck nach zu urteilen; jedenfalls ist von dem Überschwang von zuvor nichts mehr zu spüren. »Sagen Sie, Señor Willkomm, was halten Sie von den finanziellen Entwicklungen in Europa?«

»Mein Spezialgebiet ist die Botanik, Don Eduardo. In Gelddingen kenne ich mich nicht aus, zu meinem Leidwesen«, erwidert Heinrich.

»Aber Sie kommen doch aus den nördlichen Gefilden, wo die Wirtschaft, wie Sie zu Recht bemerkten, viel weiter entwickelt ist. Züge sind dort gang und gäbe, Waren werden nicht mehr allein mit Karren transportiert, die Städte wachsen und ziehen immer mehr Menschen an. Und die Impulse, die von den Finanzgesellschaften ausgehen und diesen Reichtum hervorbringen, haben sich auf ganz Europa übertragen, von London bis Paris, und natürlich Frankfurt.«

»Es ist richtig, dass das Geld, das unser Reich ernährt, von den neuen Aktiengesellschaften stammt, die rasend schnell wachsen«, gibt Heinrich zu. »Vor Kurzem wurde am Börsenplatz die neue Börse eröffnet, weil die alte zu klein geworden war, und auch wenn Berlin gerade erst zur Hauptstadt des Reiches ernannt wurde, ist die Macht Frankfurts unbestreitbar, und die Bedeutung seiner Finanzgesellschaften für den Vermögenszuwachs in unserem neuen Land ist sehr groß.«

»Das ist die Zukunft, keine Frage!«, ruft Fernando, wieder ganz in seinem Element.

»Ja, aber dessen ungeachtet, möchte ich einwerfen, dass wir, wie bei allen Neuerungen, Vorsicht walten lassen sollten«, fährt Heinrich unbeirrt fort. »Was nützt es, wenn man ein Land von einem Ende bis zum anderen durchfahren kann, seine Einwohner aber nichts zu essen haben und ihr Leben in Armut fristen müssen?«

»Ein sehr vernünftiger Einwand«, sagt Eduardo nachdenklich.

Fernando starrt auf seinen Teller und streckt die Hand nach dem Weinglas aus. Er brummt: »In diesem Land wird sich nie etwas ändern. Bei allem, was aus dem Ausland kommt, wird Beifall geklatscht, und hier werden einem nur Steine in den Weg gelegt.«

Alba blickt verstohlen zu dem deutschen Gast, der den Kommentar sehr wohl gehört hat, und sagt, während sie sich Luft zufächelt: »Sie haben uns noch nicht gesagt, welches für Sie der schönste botanische Garten in Europa ist, Señor Willkomm.«

Unmerklich beugt sich Mercedes zu Alba herüber, hocherfreut darüber, wie geschickt ihre Tochter das Gespräch auf weniger konfliktgeladenes Terrain umgelenkt hat. Der Deutsche blickt zu Alba und sagt: »Ich muss gestehen, mein Herz ist hin- und hergerissen zwischen zwei Gärten. Einerseits der Orto Botanico von Bologna, einfach, aber sehr alt, er wurde im 16. Jahrhundert als Medizingarten gegründet, um die Pflanzen zu kultivieren, die die Heilkräuterhändler für ihre Salben und Trünke benötigten. Es gibt dort Silberaprikosen, wie die Chinesen den Ginkgobaum nennen; Purpur-Weiden gegen Fieber und sogar fleischfressende Pflanzen wie den Sonnentau, der sehr gut gegen Bronchitis und Asthma eingesetzt werden kann. Ich habe dort einen unvergesslichen glutheißen Sommer verbracht.«

»Fleischfressende Pflanzen!«, ruft Alba aus.

Heinrich deutet ihre Aufregung als Angst und erklärt: »Sie brauchen sich nicht zu ängstigen, die Pflanzen interessieren sich allein für Insekten. Sie verzehren kein Menschenfleisch, auch wenn ihr Name das suggerieren mag.«

»Das weiß ich«, erwidert Alba lächelnd. Und weil er so verdutzt dreinschaut, fügt sie rasch hinzu: »Aus den Herbarien und Botanik-Handbüchern, die mein Vater aus Paris kommen lässt. Einschließlich Ihrer, Señor Willkomm.«

»Señorita Alba hat sehr spezielle Vorlieben«, sagt Fernando, und der Spott in seinen Worten ist unüberhörbar.

»Das ist eine große Ehre für mich, Señorita«, erwidert Heinrich, als hätte er ihn gar nicht gehört. »Meine Arbeit findet außerhalb der akademischen Kreise nur wenig Anerkennung. Der andere Kandidat befindet sich übrigens in Paris: der Jardin des Plantes. Ein Paradies für Botaniker. Natürlich bei Weitem nicht so bescheiden wie der Garten in Bologna. In Frankreich ist alles überwältigend.«

Ein unangenehmes Schweigen stellt sich ein. Es ist schon ein paar Jahre her, dass Bonaparte Spanien verlassen hat, aber allein die Erwähnung Frankreichs sorgt dafür, dass die Erinnerung an die Besatzung die Gemüter aufwühlt. Fernando verzieht verächtlich das Gesicht und setzt zu einem Kommentar an. Doch Alba kommt ihm zuvor: »Und sagen Sie, Señor Willkomm, wenn Sie die schönste Blume Europas küren müssten, welche wäre das?«

»Ich muss gestehen, ich habe eine besondere Schwäche für die Flora der Iberischen Halbinsel, weil hier entgegen aller Wahrscheinlichkeit die unterschiedlichsten Blumen und Pflanzen wachsen, auf trockenem Land, ohne einen Tropfen Regen und ohne dass jemand sie anbaut und pflegt. Trotzdem sind sie da und verzaubern uns mit ihrer wundersamen, reinen Schönheit. Ich kann mich nicht sattsehen. Das gilt auch für die Damenwelt in Ihrem Land«, fügt er hinzu und neigt galant den Kopf Richtung Gastgeberin.

»Sie sind ein Charmeur, Señor Willkomm!«, ruft Mercedes lachend aus.

»Aber Sie haben meine Frage noch nicht beantwortet«, sagt Alba.

»Das ist schwer zu sagen … Die *Silene pseudoato-*

cion gehört zu meinen Favoriten, auch Nelken-Leimkraut genannt. Auf einer meiner Reisen hatte ich auf Mallorca das Privileg, den Puig Morei im Bergland von Artà besuchen zu können, und der gesamte Hang war mit pinkfarbenen Blüten übersät, und das mitten im Winter! Ein Anblick wie im Paradies!«

»Ja, klar, die Bergnelke«, sagt Alba. »Eine der wenigen Wildblumen, die im Winter blühen.«

»So ist es, Señorita. Wie ich sehe, sind die Herbarien und die Botanik wirklich Ihr Steckenpferd«, gibt Heinrich zurück und neigt wieder galant den Kopf.

»Mein lieber Heinrich«, sagt Pater Bernardo, »da Señorita Alba Sie nicht selbst darum bitten darf, werde ich es aufgrund unseres engen Vertrauensverhältnisses tun. Es wäre ihr eine Ehre, wenn Sie sich ihr Herbarium ansehen würden, Sie werden feststellen, dass ihre botanische Forschung, was Umfang und Genauigkeit angeht, der in einer wissenschaftlichen Einrichtung in nichts nachsteht.«

Alba errötet, sie ist stolz, aber auch voller Erwartung, wie der Deutsche reagieren wird. Der nickt höflich und antwortet: »Es ist mir ein Vergnügen. Vor allem, weil ich gerade dabei bin, ein Herbarium über die Flora Spaniens und Portugals zu erstellen. Das ist der Anlass meiner Reise.«

»Ich dachte, Sie wären zum ersten Mal in Spanien«, sagt Fernando.

»Ich bin seit zehn Jahren Mitglied der aragonesischen Wirtschaftsgesellschaft, damals hatte ich die

Ehre, auf Ersuchen des hier anwesenden Pater Bernardo Zapater eingeladen zu werden«, erwidert Heinrich.

»Ah, daher sprechen Sie so gut Spanisch!«, sagt Mercedes.

Fernando presst die Lippen zusammen.

»Die Statuen im Salon sind einzigartig, Don Eduardo. In ihrer Raffinesse erinnern sie mich an die Ausstellungsstücke in den besten Museen Europas«, sagt Heinrich.

»Vielen Dank, Señor Willkomm. Sie beehren uns mit Ihrem Kompliment, vor allem meine Gattin Mercedes, sie ist es, die all die Schönheit in diese bescheidene Hütte gebracht hat.« Eduardo nimmt die Hand seiner Frau und küsst sie.

»Meine Herren, wie wäre es mit einem letzten Tanz zum Abschluss des heutigen Abends?«, schlägt Mercedes vor. Ihr Blick wandert Richtung Klavier, doch ihre jüngere Tochter ist nicht zu sehen. Sie ruft den Diener herbei und sagt: »Juan, bitte holen Sie Luisa, sie ist wahrscheinlich in ihrem Zimmer und ruht sich ein wenig aus. Vielleicht kann sie noch einmal herunterkommen und etwas spielen.«

Nach einer Weile taucht Luisa auf, ihre Wangen sind gerötet.

»Geht es dir gut, Kleines?«, fragt Mercedes leise.

Luisa nickt wortlos. Ihre Augen sind ein wenig glasig, als hätte sie Fieber. Sie setzt sich ans Klavier und beginnt, eine fröhliche Polka zu spielen.

Heinrich schmunzelt.

»Was ist, Señor Willkomm?«, fragt Alba.

»Ich habe Prag gerade verlassen, wo ich meine Professur antreten werde, und auf einmal bin ich umgeben von Musik, die sich in Böhmen gerade großer Beliebtheit erfreut.«

Er beginnt die Melodie mitzuträllern. Er hat eine markante Stimme, was man bei dem sanftmütigen Gesicht gar nicht erwarten würde. Alba erinnert sie an das Meer bei Girona, wenn der Wind erst leicht und mit einem Mal heftig bläst.

»Tanzen Sie gern, Señor Willkomm?«

»Früher ja. Als ich jünger war und noch nicht so viel Verantwortung trug.«

»Dann tun Sie sich keinen Zwang an!«, animiert ihn Don Eduardo, bevor er sich erhebt, um mit seiner Frau zu tanzen. Gemeinsam mit anderen Paaren schweben sie durch den Raum.

»Würden Sie mit mir tanzen, Señorita Alba?«, fragt Fernando plötzlich.

Sie nickt, ihr Missfallen verbergend, und das Paar beginnt sich im schnellen, lebhaften Rhythmus zu bewegen.

Heinrich sagt zu Pater Bernardo: »Ich sollte mich jetzt besser zurückziehen. Ich habe morgen viel zu tun.«

Die Musik spielt noch, als Heinrich Willkomm La Solariega verlässt, nachdem er sich von den Peñafiels verabschiedet und für ihre Gastfreundschaft bedankt hat. Für seinen Gemütszustand gibt es keinen Namen, kein Schild, keine Kategorie, nur ein Gesicht: Albas vor Neugier leuchtende Augen und ihre helle Stimme. Er dreht sich ein letztes Mal um. Das Lachen aus dem Haus begleitet ihn noch eine Weile auf seinem Weg durch die Dunkelheit.

18
Das Herbarium

Der erste Band über Botanik, den Pater Bernardo ihr gezeigt hatte, hatte ihr das Tor zu einer Welt des Wissens und ungeahnter Möglichkeiten erschlossen. Die weiteren Bände, die ihr Vater aus Paris und Rom liefern ließ, wurden schnell zu ihrem kostbarsten Schatz: *Species Plantarum* von Carl von Linné nimmt nun einen Ehrenplatz in ihrem Arbeitszimmer ein, ebenso wie die Werke der Klassiker. Aber nichts ist mit dem Glück vergleichbar, ihre Arbeit mit Heinrich Willkomm teilen zu können. Pater Bernardo hat ihr im Pflanzenkundeunterricht unzählige Male von den Büchern des Deutschen erzählt, und heute darf Alba ihm auf Vorschlag des Paters ihr eigenes Herbarium zeigen. Es ist ein unbekanntes, schwindelerregendes Gefühl: Sie sind einander intellektuell ebenbürtig, sie begeistern sich beide für dieselbe Wissenschaft, und für sie ist es eine Herausforderung, unter Beweis zu stellen, was sie in vielen Stunden einsamen Studiums gelernt hat. Willkomm beugt sich über das Herbarium, das Alba während ihrer Exkursionen in die Sierra de Albarracín und nach Valdecabriel erstellt hat, und ihr Herz pocht wie an dem Tag, als sie ihre erste Blume gepflückt hat. Sein Blick erfasst jedes Detail, wandert über die Informationen, die sie so eifrig zusammengetragen hat. Datum und Ort des Fundes, die Zeichnung, Merkmale der Pflanzen und ihre systematische Einordnung. Vorsichtig zieht er zwischen den Baumwollläppchen oder dem Seidenpapier das getrocknete Exemplar hervor und betrachtet es unter dem Vergrößerungsglas.

»Ich bin beeindruckt, Señorita Alba. Sie sind hervorragend konserviert, und Sie folgen haargenau dem linnéschen System. Glückwunsch.«

»Vielen Dank, Señor Heinrich.«

»Sie sagen, Ihnen hat keiner beim Zusammentragen geholfen?«

»So ist es. Anfangs hat Pater Bernardo meine Schwester Luisa und mich begleitet. Meine Mutter hat uns stets ermuntert, weiterzuforschen, sie ist selbst sehr an der Natur interessiert. Aber seit einer Weile kümmere ich mich allein um den Erhalt und die Erweiterung des Herbariums, und ich informiere mich über die Arten, die ich noch nicht kenne. Luisa macht das Gleiche mit ihren Schmetterlingen.«

»Ich kann Sie nur nochmals beglückwünschen. Als mein Kollege, Pater Bernardo, mir in seinen Briefen von einer jungen, strebsamen und für die wissenschaftliche Arbeit sehr talentierten Pflanzenkundlerin erzählte, war das offenbar kein Scherz«, sagt Heinrich lächelnd.

»Ein Scherz? Wieso denn?«

Gekränkt sieht Alba ihn an.

»Nun ja … Es ist ungewöhnlich, dass eine junge Dame sich für die Wissenschaft interessiert.«

»Finden Sie das verwerflich?«

»Es mag ungewöhnlich sein, aber auf keinen Fall verwerflich, sich der Wissenschaft zu widmen, wenn das Ihre Berufung ist. Tut mir leid, wenn ich Sie verletzt habe, Señorita Alba. Das war gewiss nicht meine Absicht.«

Heinrich verbeugt sich feierlich, als hätte er einen unverzeihlichen Fehler begangen, und die Ernsthaftigkeit und Reue in seiner Haltung lassen Albas Zorn verebben. Sie lächelt.

»Wussten Sie, dass ich Ihr Buch über die Flora unseres Landes von der ersten bis zur letzten Seite durchgearbeitet habe?«

Heinrich sieht sie überrascht an.

»Tatsächlich? Aber es ist doch ein Nachschlagewerk.«

»Das sind die Werke von Lukrez, Plinius und Aristoteles auch, aber jeder Botaniker, der was auf sich hält, sollte sie aus dem Effeff kennen, oder meinen Sie nicht?«

»Der Vergleich ist zu viel der Ehre, Señorita.«

Heinrich wendet den Blick ab. Im Arbeitszimmer mischt sich der Duft der getrockneten Pflanzen mit dem der Baumwolle und des Leinens, die Alba für die Proben verwendet, und dem Papiergeruch der Bücher in den Regalen. In der Mitte der beiden Arbeitstische stehen frische Lavendelzweige.

»Der Ort hier erinnert mich an die englischen Wintergärten«, sagt Heinrich, während er an das Fenster herantritt. »Er enthält den Duft des Frühlings.«

Alba taxiert den Deutschen voller Neugier. Sie fragt sich, ob seine Worte ernst gemeint sind. Er ist einer der führenden Botaniker Europas, und trotzdem gibt er sich respektvoll und interessiert, als wären sie Kollegen, aber ihr Lob scheint ihn verlegen zu machen. Anders als die Resignation, mit der ihr Vater ihre Leidenschaft für die Botanik hinnimmt, oder die irritierten Blicke der jungen Leute in ihrem Alter, denen sie in den Salons begegnet. Zum Glück nicht mehr so oft, seit sie häufiger in Santa Ana del Campo weilen.

Sie beschließt, ihren kostbarsten Fund mit ihm zu teilen.

»Erlauben Sie mir, dass ich Ihnen mein kleines Rätsel zeige.«

Alba steigt die Holzleiter hinauf, durch die sie an die Pflanzen in den obersten Regalen herankommt, und kommt mit einer Schachtel herunter. Sie holt eine Blüte mit einem etwa dreißig Zentimeter langen Stängel heraus; die Blätter bilden eine Rosette, und die Läppchen sind abgerundet. Die getrockneten

Blüten mit den weißen Blättern sind winzig klein, sie haben vielleicht den Durchmesser eines Daumens.

»Ich habe sie vergangenen Frühling in Valdecabriel entdeckt, aber seitdem ist mir kein weiteres Exemplar mehr untergekommen. Ich habe sie den Leuten gezeigt, die schon länger in Monreal leben, und sie sagen, sie nennen sie ›Glockenblume‹, aber ich bin nicht sicher, welcher Familie ich sie zuordnen soll. Es ist, als würde man eine Stecknadel im Heuhaufen suchen.«

»Glockenblume, sagen Sie? Das kommt mir bekannt vor … Ich habe ähnliche Exemplare gesehen, aber unter der Bezeichnung ›Steinbrech‹.«

»Steinbrech?«, sagt Alba amüsiert. »Was für ein seltsamer Name. Das klingt eher nach einem Tier, finden Sie nicht?«

Plötzlich reißt Alba die Augen auf und ruft: »Aber ja doch! Warum bin ich da nicht drauf gekommen?«

Heinrich sieht sie fasziniert an. Es ist, als brodelte im Inneren des Mädchens ein glühender Vulkan. Zielstrebig eilt sie durch das Arbeitszimmer zu einem Band und schlägt ihn auf. Ungeduldig trommelt sie mit den Fingern auf den Tisch, bis sie gefunden hat, wonach sie sucht. Sie lacht, klatscht in die Hände und ruft: »Ich bin so dumm! Das war doch sonnenklar!«

»Señorita Alba …«

»Sehen Sie nur, Heinrich, das ist eindeutig!«

Sie deutet auf eine Seite. Heinrich liest laut: »*Saxi-*

fraga, aus dem Lateinischen *saxum* für Stein und *frangere* brechen.«

»Das ist eine äußerst prosaische Beschreibung«, erklärt Alba beseelt. »Wie Sie wissen, hat Plinius alle Kräuter als *saxifraga* bezeichnet, die Nierensteine beseitigen konnten, aber seit Carl von Linné wird die Bezeichnung für eine Pflanzenfamilie verwendet, die zwischen Felsen wachsen kann. Sie haben so starke Wurzeln, dass sie buchstäblich aus Steinen austreiben können. Steinbrech! Es muss eine *Saxifraga* sein.«

»In der Tat. Auf der iberischen Halbinsel gibt es eine Vielzahl von Steinbrechgewächsen«, überlegt Heinrich, »aber solch eines habe ich noch nie gesehen. Es sieht der *oppositifolia* sehr ähnlich, aber es hat nicht ihre purpurne Farbe und bildet auch nicht die typischen Rasen oder Polster. Señorita, ich glaube, Sie haben die Ehre, eine neue Klasse von *Saxifraga* entdeckt zu haben.«

Er sagt das feierlich und mit ernster Miene. Alba ist verwirrt und sagt: »Nennen Sie mich doch bitte Alba. Pater Bernardo sagt, unter Kollegen sind solche Freiheiten erlaubt.«

»Wie Sie wünschen, Alba«, sagt Heinrich.

Nachdem er ihren Namen ausgesprochen hat, hält er kurz inne. Das bleibt ihr nicht verborgen.

»Würde mein Vater hier vor Ihnen stehen, würde er mit einem Sherry mit Ihnen anstoßen, aber ich fürchte, ich kann Ihnen nur ein wenig Tee oder Kaffee mit Gebäck anbieten«, sagt sie, um das Schweigen zu brechen.

»Das ist nicht nötig. Wir haben noch viel Arbeit vor uns. Haben Sie noch weitere Exemplare von der Pflanze?«

Alba schüttelt den Kopf.

»Nein. Ich habe sie an einem Tag auf meinem Spaziergang durch das Tal entdeckt, zwischen Felsen in der Nähe der Quelle des Río Cabriel, aber weitere habe ich nicht gefunden.«

»Wir müssen unbedingt noch mehr Exemplare auftreiben, damit wir sie eingehend studieren und eine vollständige Beschreibung erstellen können. Nur dann können wir sie der Gesellschaft vorstellen. Die Blume und Sie, ihre Entdeckerin.«

Alba kribbelt der Bauch vor Stolz und Glück. In dem Moment wird ihr endgültig klar – sofern sie je Zweifel hatte: Das will sie jeden Tag spüren, ihr Leben lang. Sie will sich mit Leib und Seele der Botanik verschreiben.

»Wir können nächste Woche eine Exkursion in die Gegend machen. Ich meine, wenn Sie dann noch in Santa Ana weilen.«

»Soll das ein Scherz sein? Hier bringen mich keine zehn Pferde weg«, sagt Heinrich und fügt rasch hinzu: »Ich komme schließlich nicht jeden Tag in den Genuss, Zeuge einer botanischen Entdeckung zu werden.«

»Dann habe ich also Ihr Wort«, sagt Alba lächelnd.

Aus heiterem Himmel, vielleicht weil er das Strahlen in den Augen des Mädchens gesehen hat, das ihn an die aufgehende Sonne in seiner Heimat erinnert, sagt Heinrich: »Sie wären sehr glücklich in Amerika oder in Asien, Alba. Dort gibt es Pflanzen von solch intensiven Farben, dass sie an einen Sonnenaufgang erinnern, und der Tag hat nicht genug Stunden, um sie alle zu entdecken. Ich selbst will schon seit Langem dorthin reisen, über die Grenzen Europas hinaus, die Berichte der Kollegen vor Ort erzählen von fantastischen Welten, mit Bäumen und Pflanzen, die unsere Vorstellungskraft übersteigen.«

Begeistert stimmt Alba ihm zu.

»Da brauchen Sie mich nicht lange zu überreden! Ich habe so viel über die Pflanzen- und die Tierwelt in Übersee gelesen. Es gibt ein paar wunderschöne illustrierte Bände einer in Amsterdam lebenden Naturforscherin, die Sie bestimmt kennen: Maria Sibylla Merian. Sie hat Surinam bereist, und wir haben hier eine Kopie ihrer gesammelten Werke, mit fantastischen Farben und Tieren, die aussehen, als wären sie einem Traum entsprungen.«

»Amerika ist ein fruchtbares Territorium für die Forschung. Nicht von ungefähr hat die Reise von Charles Darwin auf der *HMS Beagle* den Lauf der Wissenschaftsgeschichte verändert. Was würde ich nicht dafür geben, auf diesem Schiff gewesen zu sein!«

»Haben Sie von Susanna Moodie gehört? Es ist eine Frau, die in den alten britischen Kolonien in

Nordamerika lebt. Ich habe einen Band mit ihren Briefen ergattern können, und ihre Beschreibung der Flora dort ist überwältigend. Irgendwann möchte ich auch dort hinreisen: zu den Galápagos-Inseln, nach Valparaíso, Feuerland, zum Kap der guten Hoffnung …«, fährt Alba fort. Mit dem Deutschen kann sie reden wie mit sonst niemandem, die Namen der fernen, urwüchsigen Orte kommen ihr über die Lippen wie eine Verheißung. Sie blinzelt, als würde sie aus einem Traum erwachen, und sagt leise: »Aber das wird wohl nicht möglich sein.«

»Warum nicht? Ihre Mutter unterstützt Ihre Neigung, und Ihr Vater wird sich bestimmt nicht widersetzen, wenn er versteht, dass Sie eine natürliche Veranlagung für das Studium der Botanik besitzen. Vielleicht ist eine so lange Reise für den Anfang etwas zu gewagt, wenn man an die gesundheitlichen Risiken denkt. Sie dürfen nicht vergessen, dass es in diesen Ländern von Krankheiten nur so wimmelt, die für Europäer äußerst gefährlich sein können. Aber eine Reise durch die Hauptstädte unseres Kontinents ist nicht völlig abwegig, und das wäre doch ein vielversprechender Anfang für eine nicht weniger vielversprechende wissenschaftliche Karriere.«

»Ich weiß nicht, ob ich meinen Vater dazu bringen kann, dass er mir das erlaubt.«

»Ihr Talent für die Botanik ist ein Zeichen. Wenn jemand eine Begabung hat, ist er verpflichtet, ihr nachzugehen. Sonst würde er sie sinnlos vergeuden.«

Alba weiß nicht, ob es schicklich ist, es ihm zu sagen, aber es tut gut, ihm zu vertrauen. Außerdem schmeichelt es ihr, dass er so von ihrer wissenschaftlichen Begabung überzeugt ist.

»Erinnern Sie sich an Señor Fernando Ruiz? Der war auch bei dem Abendessen zu Ihren Ehren, als Sie nach Monreal kamen.«

»Der Herr mit der Eisenbahn«, sagt Heinrich.

»Genau der. Mein Vater und er haben gemeinsam in die neue Gesellschaft investiert, die die Eisenbahn nach Teruel bringen soll, und … na ja, er hat bei meinem Vater um meine Hand angehalten. Er hat es mir gestern mitgeteilt, bevor er nach Barcelona aufgebrochen ist. Wahrscheinlich kann ich das nicht ablehnen … Nun ja, es gibt wohl keinen Grund abzulehnen.« Alba hält inne und sagt nervös: »Ich weiß nicht, warum ich Ihnen das erzähle. Vielleicht sollte ich das nicht tun. Es tut mir leid.«

Heinrich schweigt einen Augenblick und sagt dann leise: »Bei einer jungen Dame in Ihrem Alter ist es doch vermutlich normal, dass sich die jungen Herren für Sie interessieren.«

»Ich jedenfalls interessiere mich einzig und allein für meine botanische Forschung«, erklärt Alba rasch, um Missverständnissen vorzubeugen. »Ich will lernen, bis eine fähige Naturkundlerin aus mir geworden ist.«

»In Spanien?«

»Vielleicht auch in Europa.«

»In Prag und Berlin lassen die Akademien der Wissenschaft auch Frauen unter den Studenten zu«, sagt Heinrich. »Ich kann gerne Empfehlungsschreiben für Sie verfassen, um Sie zu unterstützen, Alba.«

Das ist ihm so herausgerutscht, völlig unbedacht. Er weiß, dass zwischen dem Leben von Alba Ruiz de Peñafiel und seinem Welten liegen, und dass die Flure der Akademie nichts mit den Spaziergängen durch das Tal von Santa Ana del Campo gemeinsam haben. Aber die Augen des Mädchens sind erfüllt vom Glanz eines Zukunftstraums, der nicht unerreichbar scheint, und Heinrich kommt nicht dagegen an: Er wäre gerne Teil dieses Traums.

19
Träume

In La Solariega ist kein Laut zu hören. Im Sommer ist es nach dem Essen bis in den hintersten Winkel von Schläfrigkeit erfüllt; sie überträgt sich auf Wände und Vorhänge, die Fenster schließen ihre Lider, und selbst die Veranda lässt ein müdes Gähnen sehen. Die Katzen des Anwesens haben sich in den schattigen Winkeln verschanzt, die sie wie Generäle verteidigen. Alba hat sich ins Arbeitszimmer zurückgezogen, wo sie eifrig verschiedene Exemplare aus ihrem Herbarium vergleicht und die Ergebnisse in ihrem Heft festhält. Sie hebt nicht einmal den Kopf, als sie ein Knarzen im Flur hört, sie erkennt ihre Schwester am Schritt, leichtfüßig wie ihre Schmetterlinge. Aus der Ferne, vom Hügel her, dringt das Blöken der grasenden Schafe durch die offene Glastür.

Mercedes schreibt an Eduardo. Wegen dringlicher Geschäfte im Zusammenhang mit der künftigen Investition in die Eisenbahn und der ständigen Telegramme von Fernando ist er Hals über Kopf nach Barcelona gereist. »Alba und Luisa genießen wie jedes Jahr die Schönheit des Valdecabriel im Sommer.« Was für eine Untertreibung für das immense Glück ihrer Töchter, die voll und ganz in ihrer wissenschaftlichen Arbeit aufgehen und das Studium und die Freiheit in Teruel genießen; sie wünschte, sie könnten dort bleiben und müssten nicht im Herbst in die Stadt zurückkehren, wo der Wind des Lebens sie wieder in andere Richtungen treiben wird. »Wir erwarten voller Vorfreude deine Rückkehr.« Voller Vorfreude, aber auch mit einem mulmigen Gefühl: Sie müssten über Fernandos Antrag reden, Eduardo hat das so beiläufig fallen lassen wie eine banale Bemerkung über das Wetter, als er die Kutsche nach Zaragoza bestieg. Mercedes hat noch nicht mit Alba gesprochen, aber sie weiß, wie ihre Antwort lauten wird. Sofern sie überhaupt gefragt wird, denkt Mercedes, und sie traut sich nicht, den Gedanken laut auszusprechen. Als Eduardo damals um ihre Hand angehalten hat, zögerte Mercedes nicht: Sie hatte sich in ihn verliebt, und ihre Jugendträume wurden durch das Leben verdrängt, das ihr künftiger Mann ihr versprach: eine Familie, ein Heim, über das sie wie eine Königin gebieten würde. Aber ihre Töchter sind anders. Vor allem Alba: Die Botanik verleiht ihrem Leben einen Sinn, und die Zeichen stehen auf Veränderung. In ganz Europa fordern die Frauen mehr Freiheit, in England sogar das Wahlrecht. In der neuen Welt, die sich gerade konstituiert, gäbe es vielleicht Raum für die Träume ihrer Töchter, sofern sich dem keiner entgegenstellte. Sie trinkt noch einen Schluck von dem Kräutertee, den Francisca ihr zubereitet hat, dann schreibt sie weiter. Das Schaben der Feder auf dem Papier ist das einzige Geräusch, das sie den restlichen Nachmittag über begleitet.

In der Sakristei genehmigen sich Pater Bernardo und Heinrich eine Tasse Kaffee, ein Geschenk Eduardos, und ein Stück Torte, das Francisca dem Priester besorgt hat.

»Wenn es kein Sakrileg wäre, würde ich sagen, nicht mal im Heiligen Land herrscht solch eine verdammte Hitze«, stöhnt der Priester. Er wischt sich einen Schweißtropfen von der Stirn und widerspricht sich sogleich. »Die Architektur der Kirchen ist eines der Wunder der Geschichte, mein Freund. Und die Maurer, die sie gebaut haben, wussten, dass sich Hunderte von Gläubigen darin versammeln würden, und daher war es wichtig, dass die Luft im Schiff frei zirkulierte. Zwischen übel riechenden Banknachbarn dürfte es schwerfallen, Gott zu huldigen.«

»Tja, so ist die Geschichte, nicht wahr? Größe und Elend liegen nah beieinander, und der Mensch taumelt mühsam vorwärts, er strebt empor zu den Altären und bleibt doch im Schlamm stecken«, sagt Heinrich.

»Mein Gott, heute sind Sie aber trübsinnig. Ist Ihnen etwas widerfahren? Ein Missgeschick bei Ihrem nächsten Buch?«

»Keineswegs. Alle haben mich sehr herzlich aufgenommen, wie Sie es vorhergesagt haben, ich arbeite seit einem Monat ohne Unterbrechungen«, setzt Heinrich zögerlich an. »Es ist nur …«

»Zu mir können Sie offen sein. Sie wissen, dass ich Ihre Arbeit bewundere und dass ich Ihnen helfen werde, wo ich kann.«

Heinrich schweigt. Er weiß, dass Pater Bernardos Freundschaft aufrichtig ist, aber er kann ihm nicht sagen, was mit ihm los ist. Er wagt es ja selbst nicht einmal zu denken, er kann nicht zulassen, dass die Wahrheit sich in seinem Verstand einnistet, statt ihn noch länger in schlaflosen Nächten zu quälen.

»Ich muss so schnell wie möglich nach Prag zurück«, erwidert er ausweichend. »Und ich muss vorher noch nach Portugal, also werde ich Santa Ana früher verlassen als geplant.«

»Ich bedaure es, auf Ihre Gesellschaft verzichten zu müssen, aber es freut mich, Sie so vertieft in Ihre Arbeit zu sehen, mein Freund«, sagt der Priester freundlich.

Heinrich senkt den Kopf. Wenn er könnte, würde er alles beichten.

Die Stille des Kirchenschiffs wird nur durch das Knistern der Kerzen und den Windhauch unterbrochen, der durch den kleinen Kreuzgang hinter der Sakristei weht und verhindert, dass die Stimmung zu sentimental wird.

Die Tür der Hütte quietscht monoton in der Angel. In der Ecke zwischen dem Stroh und den Schafsfellen blitzt Luisas goldene Kette über dem Mieder, während sie einen nach dem anderen mühsam die Haken löst. Ihr Herz pocht wild, wie ein flatternder Schmetterling trunken von Sonne und Licht. Antonio, der Schäfer, taucht in der Tür auf.

»Señorita.«

Das ist keine Frage, sondern ein Gruß. Er ist nicht überrascht. Warum auch? Es ist nicht das erste Mal. Luisa steht auf, ihre Kleider liegen auf dem Boden, und damit ist alles gesagt. Im Gegenlicht kann Luisa seinen Gesichtsausdruck nicht erkennen, und Antonio schweigt. Besser so, denkt sie. Wortlos, still. Nur fühlen, den Körper die Sprache finden lassen. Sie tritt auf ihn zu und bemerkt das Strahlen in seinen Augen, als wären es Sterne über dem Meer. Doch hier gibt es kein Meer, denkt sie. Hier gibt es nur Erde und sie beide, ein abendliches Geheimnis.

Die beiden Schatten verschmelzen in einem Kuss, und die Hände tasten sich blind vor, um den Körper des anderen erbeben zu lassen. In Wollust verstreicht eine Stunde nach der anderen, bis die Sonne untergeht. Als es dunkel ist, löst Antonio die Umarmung, und sie flüstert: »Ich komme wieder.«

Statt einer Antwort legt er ein letztes Mal den Kopf in ihren Schoß, bevor sie aufsteht. Luisa geht zurück nach La Solariega. Die Träume bleiben im Schein des Mondes in der Hütte zurück.

20
Barcelona

Der Saal der Börse von Barcelona ist voller Männer, Westen und Zigarren. Wo man hinschaut, überall Hüte, Schnurrbärte, hin und her eilende Boten der Unternehmen, Aufruhr, blank liegende Nerven: Allen steht die Geldgier ins Gesicht geschrieben, vom ärmsten Hungerleider bis zum Gewinner des Tages, der gerade ein gutes Geschäft gemacht hat. Auf einmal taucht eine neue Gruppe auf, das Gemurmel verebbt, und alles schart sich um die Neuankömmlinge. Ein neues Geschäft beginnt. Am Rande des Saales unterhalten sich drei Männer.

»Eisenbahngesellschaft für Teruel und Aragón, was halten Sie davon, Don Eduardo?«

»Ein vielversprechender Name«, erwidert Eduardo.

»Und in weniger als fünf Jahren wird Teruel dank der Gesellschaft seine Eisenbahn mit direkter Verbindung nach Zaragoza, Madrid und Barcelona haben. Stellen Sie sich das mal vor. Und dann geht es weiter nach Europa!«

Fernando Ruiz strahlt voller Genugtuung, als ob die Eisenbahn bereits da wäre. Er fährt sich mit dem Taschentuch über die Stirn.

»Meine Güte, was ist das für eine Hitze in Barcelona! Kein Vergleich mit Madrid oder Paris. Man erstickt ja förmlich. Wenn man hier nicht ein Vermögen machen könnte, würde wohl kaum einer freiwillig in seinem Schweiß baden. Dabei haben wir noch nicht mal Sommer.«

»Ein Vermögen kann man auch schnell verlieren, Señor Ruiz.«

Der ernste Gesichtsausdruck Eduardos macht Fernando nervös, und er sieht sich zu einer Erklärung genötigt: »Was glauben Sie, in welcher Welt ich lebe? Ich würde auf keinen Fall etwas tun, was den Wohlstand der Teilhaber der Gesellschaft gefährdet. Und Ihren schon gar nicht! Sogar mein Bruder hat Geld investiert, nicht wahr, Ángel? Wir dürfen uns die Gelegenheit nicht entgehen lassen.«

Der Angesprochene nickt, aber seine Stirn ist von einer tiefen Falte durchzogen, als wäre er von Geburt an Bedenkenträger.

»Daran habe ich keinen Zweifel, aber ich habe gegenüber dieser neuen Form des Geldverdienens so meine Vorbehalte. Früher musste man dazu Waren verkaufen, etwas herstellen, was die Leute kaufen wollen«, sagt Eduardo, und dabei fällt sogar ihm auf, dass seine Worte altmodisch klingen, wie aus einem anderen Jahrhundert. Ihm gefällt diese schnelllebige

Welt der Versprechen nicht, wo das Geld nicht auf der Bank liegt, sondern in der Luft schwebt und über den Telegrafen von London nach Barcelona, von Barcelona nach New York gesendet wird. Das ist zu hoch für ihn.

»Es ist dasselbe, Don Eduardo, nur dass das, was gekauft wird, noch nicht existiert, so simpel ist das. Mit Ihrer Investition setzen Sie auf die Zukunft, verstehen Sie?«

»Wie im Kasino«, erwidert Eduardo.

»Der Vergleich ist nicht sehr schmeichelhaft.«

»Aber zutreffend.«

»Don Eduardo …«

Fernando traut sich nicht, ihm nahezulegen, er solle nicht in die Gesellschaft einsteigen, wenn er von dem Geschäft nicht überzeugt sei. Es wäre eine Katastrophe, den angesehensten Mann Albarracíns zu verlieren, denn wenn einer geht, folgen ihm andere nach, es entsteht eine Fluchtwelle, und die Gesellschaft geht unter. Das ist alles schon vorgekommen, er hat es mit eigenen Augen gesehen. Das Gespräch hat ihn noch nervöser gemacht, und er fährt sich mit dem Taschentuch über das Gesicht. Ein Schweißtropfen rinnt von seiner Schläfe in den Hemdkragen. Das Letzte, was er jetzt gebrauchen kann, ist, in Panik zu verfallen, bevor er die Gesellschaft den Investoren vorgestellt hat, wo sie doch nach Barcelona gekommen sind, um noch mehr Geld zusammenzubringen, denn das wird immer gebraucht: um Vorschüsse zu zahlen, die Finanzierung zu sichern, die Reisen der Ingenieure zu begleichen, den Stahl aus den englischen Fabriken, das Holz aus den Wäldern im Norden des Landes, die Löhne der Arbeiter, die Miete neuer Büros in guter Lage, die Essen zu Werbezwecken … All das, was ein modernes Ungeheuer benötigt, um in die Gänge zu kommen. Er verspürt einen Druck im Kopf, er ist erschöpft, obwohl er vor Energie nur so sprühen sollte. Und außerdem ist da noch Alba. Der Preis am Ende des Weges, sein Ticket in die höchsten Kreise der aragonesischen Gesellschaft.

»Ich versichere Ihnen, dass ich für das Geld der Anleger mit all meinen Aktien hafte«, erklärt er feierlich. »Don Eduardo, glauben Sie etwa, ich würde die Zukunft meiner Verlobten aufs Spiel setzen?«

Eduardo mustert ihn.

»Ich hoffe nicht, Fernando. Zum Wohl meiner Tochter hoffe ich das inständig.«

»Um Gottes willen, Don Eduardo, ich schwöre Ihnen, ich …«

Fernando sieht ihn flehentlich an, aus seinem Blick spricht die pure Verzweiflung. Eduardo verwechselt die glühende Sorge seines Gegenübers, die einzig der Angst um das Scheitern seiner ehrgeizigen Pläne geschuldet ist, mit der Ungeduld eines Liebenden, der bereit ist, es mit allem aufzunehmen, was sich ihm in den Weg stellt.

»Ich will kein Hemmschuh für die Entwicklung

der Sierra de Albarracín sein«, lenkt Eduardo schließlich ein, die Situation ist ihm unangenehm. »So ist die Wirtschaft eben heutzutage. Wie viel benötigen Sie denn noch zusätzlich, Fernando?«

Der junge Unternehmer lächelt erleichtert. Sein Bruder und er klopfen sich gegenseitig zufrieden auf den Rücken. Zigarren werden herumgereicht, und man einigt sich auf ein gutes Restaurant, um das Ganze gebührend zu feiern.

Im Saal übertönt das Geschrei um einen weiteren Aktienkauf jegliches Gespräch. Und schon dreht das Karussell sich weiter.

21
Eine Exkursion

»Da ist die Hütte!« Alba deutet auf den steilen Hügel.

Es ist heiß, der Frühling im Tal ist die kleine Schwester des Sommers. Man hört in der Nähe ein Raunen, das keiner menschlichen Kehle entstammt und über die glatten Steine des Bergs bis zum Fluss gleitet. Es ist der geschmolzene Schnee des vergangenen Winters, der in das Tal fließt und den Durst von Bäumen und Herden stillt. Der Strom wird bald anwachsen und an seinen Ufern werden vermehrt die Jungfern im Grünen wachsen, eine Heilpflanze, die ihre Mutter als Tee gegen ihren Husten zu sich nimmt. Alba beugt sich herab, pflückt eine Handvoll und steckt sie in ihre Tasche.

Glücklich betrachtet sie die Gegend.

»Dort oben auf dem Berg, sehen Sie?«, sie deutet in die Richtung, »Sadebäume, einer der ältesten Bestände der Provinz. Sie stehen seit Jahrhunderten dort, wer weiß, wie viele Winter sie schon überlebt haben. Jetzt, wo das Eis langsam schmilzt, will ich hinaufsteigen, um sie zu zeichnen.«

Heinrich Willkomm betrachtet den Finger des Mädchens und die silbrig glänzenden Bäume auf dem Berggipfel in mehr als tausend Metern Höhe, die von hier aus nur ein winziger Fleck sind. Ungläubig wendet er sich ihr zu: »Aber das ist doch ein ziemlich gefährlicher Aufstieg ...«

»Das sagt Pater Bernardo auch«, erwidert Alba, und ihr verschmitzter Gesichtsausdruck macht deutlich, dass sie seine Warnung in den Wind schießt.

Heinrich muss unwillkürlich lachen. Die Fröhlichkeit des Mädchens hat etwas von der Unschuld eines Vogels, sie ist so leicht wie der Windhauch aus den Bergen, der den Duft nach reinem Schnee mit sich bringt.

Langsam steigen sie den Hügel hinauf bis zur Hütte. Alba nimmt den Schlüssel und öffnet die Tür, Heinrich trägt die Liegestühle nach draußen und stellt sie am Fluss auf, als wären sie direkt am Strand und würden sich gleich in die Wellen von Biarritz stürzen oder die Höhlen von Capri erkunden. Alba steht im Schatten einer Schwarzfichte, deren Nadeln den Boden wie ein weicher Teppich bedecken. Sie lässt sich in den Liegestuhl fallen, lockert die Schnürsenkel ihrer Stiefel, atmet tief ein und schließt die Augen.

»Man hat das Gefühl, die Sierra atmet, nicht wahr? Was halten Sie davon, wenn wir uns ein wenig stärken und dann zur Quelle des Flusses gehen?«

»Ihr Wunsch ist mir Befehl«, sagt Heinrich und stellt zu seiner Überraschung fest, dass dem tatsächlich so ist. Nichts erscheint ihm verlockender, als sich in diesem entrückten Paradies von der Energie des Mädchens mitreißen zu lassen.

Alba öffnet den Weidenkorb, den Francisca für sie vorbereitet hat: ein paar Scheiben Brot, Käse und Wurst aus Teruel. Ein Anflug von Missmut huscht über ihr Gesicht.

»Was ist?«

»Francisca hat Wein eingepackt. Dabei weiß sie genau, dass ich den nicht mag.«

»Mögen Sie keinen Wein?«

»Es liegt nicht am Geschmack. Ich habe nur einmal bei einem Abendessen Wein getrunken und der ist mir nicht bekommen. Mir ist schlecht geworden und ich hatte eine schlimme Nacht, seitdem rühre ich das Zeug nicht mehr an.«

Heinrich lächelt.

»Wenn Sie möchten, hole ich Wasser aus dem Fluss, und wir verdünnen ihn.«

Alba nickt.

»Eine gute Idee.«

Sie essen schweigend, umgeben vom Zwitschern der Vögel, von dem Raunen des Windes und anderen Geräuschen der Natur – der Musik der Berge. Alba trinkt einen Schluck von der Weinschorle, und der Trank rinnt ihr sanft die Kehle hinunter. Um sie herum nichts als Harmonie. Als sie fertig sind, sagt Alba: »Wir sind ganz in der Nähe meines Lieblingsorts. Möchten Sie ihn sehen?«

»Aber ja, unbedingt. Wie schön es hier ist.«

Albas Begeisterung ist ansteckend. Heinrich wird klar, dass mit jeder Minute, die verstreicht, der Abschied schwerer wird.

»Ich werde Sie sehr vermissen, wenn ich fortgehe.«

Als er die Worte ausgesprochen hat, verspürt er eine seltsame Erleichterung, als dürften die verbotenen Gefühle, die er seit Wochen mit sich herumträgt, im Licht der Sonne endlich nach außen dringen.

»Sie gehen fort?«, fragt Alba konsterniert.

»Ich muss den Band über die Flora der Halbinsel abschließen«, erwidert Heinrich, und selbst in seinen Ohren klingen die Worte wie ein Vorwand.

»Natürlich.«

»Mein Lehrstuhl in Prag wartet auf mich … Und meine Familie.«

»Erzählen Sie mir von Prag.«

Heinrich sieht sie überrascht an. Er hat erwartet, dass sie … Keine Ahnung. Alles an dem jungen Mädchen ist außergewöhnlich. Ihr Gesichtsausdruck ist gelassen, als hätte sie nicht vernommen, dass etwas zu Ende geht, das noch gar nicht richtig angefangen hat. Das nicht anfangen darf, sagt ihm eine innere Stimme.

»Die Stadt ist wie eine Frau: Jahrhunderte an Weisheit und Leid in den steinernen Rippen und zugleich jung und rein. Jede Nacht glaubt man aufs Neue, sie zu kennen, und jede Nacht zeigt sie einem wieder eine neue, ungekannte Facette. Ich habe vom ersten Moment an mein Herz an diese Stadt verloren und ich möchte dort Wurzeln schlagen.«

Er hält inne und vermeidet es, Alba anzusehen.

»Was für eine originelle Art, eine Stadt zu beschreiben«, sagt Alba charmant, und es ist, als könnte sie in Heinrichs Seele blicken.

Die Sonne steht schon tief. Sie blickt zum Himmel und sagt: »Wir machen uns jetzt am besten auf den Weg, sonst wird es dunkel, bevor wir zurück in La Solariega sind.«

Heinrich und Alba folgen dem Flusslauf, bis er eine Biegung macht. Die Bäume, die dem Tal Schatten spenden, verändern sich, eine Parade stummer Statuen aus Holz und Laub: Ahornbäume, Kiefern, Haselnuss- und Holundersträucher, jeder Ast und jeder Stamm birgt eine eigene Geschichte. Hin und wieder bleibt Alba stehen und zeichnet rasch etwas in ihr Heft: Das Kratzen der Feder auf dem Papier vermischt sich mit dem Konzert der Vögel und Zikaden und dem Säuseln des Wassers, während sich die dicken Papierseiten mit Zweigen, Früchten und Blättern füllen, die den Winter überlebt haben.

»Der Ort heißt Ojos del Cabriel, die Knospe des Cabriel, weil er dort entspringt.«

Sie gehen schweigend noch ein Stück weiter. Ihre Füße sinken bei jedem Schritt in dem weichen Grasbett ein. Außer ihnen ist weit und breit niemand zu sehen.

»Dort, sehen Sie?«

Zwei Wasserfälle schießen aus der Höhe herab

und bedecken das Grün der Lagune mit weißem Schaum. Die Felsen umarmen die Quelle wie eine eifersüchtige Geliebte und verleihen dem Ort etwas Geheimnisvolles.

Heinrich blinzelt, er findet vor lauter Erstaunen keine Worte. Es ist eine Verschwörung der Natur, ein Fort aus Stein und Wasser, damit der Mensch die wilde Schönheit des Refugiums nicht zerstört. Auf der einen Seite steht eine verlassene alte Mühle. Die blühenden Büsche und Sträucher am Ufer der Lagune lassen das Wasser violett, grün und blau schimmern. Die Luft ist schwer vom Duft der Blüten.

»Das ist ein kleines Wunder, nicht wahr?«, ruft Alba aus, als sie Heinrichs Verzückung bemerkt. »Inmitten der kargen Berglandschaft, auf diesem Stück Himmel auf Erden, blühen eine Handvoll wunderschöner Blumen und Pflanzen, die allen Widrigkeiten trotzen.« Sie zieht die Stiefel aus, stellt sie am Ufer ab und taucht die Füße in das kühle Nass. »Buchsbaum, Habichtskraut, Lampionblumen und weiter oben Kugelige Teufelskrallen, Löwenzahn … Weißer Beifuß und auf den Felsen die Zistrosen, deren Gelb heller leuchtet als die Sonne. Jakobs-Greiskraut, sehr giftig. Ich habe sogar Exemplare des Etruskischen Geißblatts gefunden, das hier auch ›Männertöter‹ genannt wird.«

»›Männertöter‹, das klingt ja furchtbar«, sagt Heinrich, und er möchte noch so viel mehr sagen. Er sieht das Mädchen an, das ohne Unterlass eine

Blume nach der anderen aufzählt, und jeder einzelne Name ist wie eine Liebkosung. Die Haut ihrer Knöchel ist zart und, wie der Name Alba schon sagt, weiß. Sie trägt ein Kleid mit Kragen, und den Hals ziert eine glitzernde Kette.

»Schlimmer ist die *Lithodora*! Sie wird hier auch Blutkraut genannt. Das hat mir Francisca, unsere Haushälterin, erzählt«, sagt Alba und dreht sich dabei lachend zu ihm um.

Heinrich hat die ganze Zeit den Blick nicht von ihr abwenden können, und nun, mit dem Glanz des Sonnenlichts im braunen Haar und den rosigen Wangen, erscheint sie ihm wie eine Najade, die aus einem Quell auftaucht. Ihre Blicke treffen sich, und Alba errötet.

»Dort drüben, in der Nähe des anderen Ufers, gibt es Goldruten, Florestina, Liebesgras und Wunderbäume …«

Albas Stimme vermischt sich mit dem Rauschen des Wasserfalls.

»Ich flehe Sie an, sprechen Sie weiter.«

»Warum?«

»Weil ich sonst reden muss.«

Alba schweigt, und als sie fortfährt, glänzen ihre Augen.

»Da können Sie sagen, was Sie wollen. Dieser Ort ist heilig. Hier sind die Frauen hergekommen und haben zu den Göttern gebetet, sie um Kinder, Geld, einen Mann angefleht. Und ich habe den Himmel angefleht, er möge mir Freiheit schenken, mir einen anderen Weg vorgeben.«

»Und haben die Götter Ihr Flehen erhört?«

»Teilweise.« Sie lacht und findet Worte von entwaffnender Direktheit. »Mehr, als ich erhofft habe. Ich habe eine Leidenschaft, die mich mehr befriedigt, als ich mir je erträumt habe, und genügend Energie, um gegen alle Widrigkeiten anzukämpfen, die mich daran hindern wollen, an meiner Bestimmung zu wachsen ... Und ein außergewöhnlicher Mann hat meinen Weg gekreuzt, der meine Sprache spricht, die Sprache der Blumen und der Natur. Ich weiß nicht, ob ich das Recht habe, noch mehr zu verlangen.«

Alba berührt ihn sanft. Heinrich schließt die Augen. Eine Flut von Einwänden schießt ihm durch den Kopf, und sein Herz pocht laut. Er weiß nicht, wie ihm geschieht, er ist verloren. Das kühle Wasser, die reine Luft und die Pflanzen haben sich gegen ihn verschworen. Er macht einen Schritt und dann noch einen. Seine Hose wird nass, als er durch den See watet. Es ist ihm egal. Alba wartet, ohne sich zu rühren.

Das Kettchen glitzert an ihrem Hals, und Heinrich wird sich später an den Glanz des Goldes auf der weißen feuchten Haut des Mädchens erinnern und an die granatroten Lippen, die er zum ersten Mal geküsst hat.

22
Ojos del Cabriel

»In meinem Heimatland gibt es Berge, die in den Himmel ragen und die Wolken berühren. Du kannst immer weiter wandern, endlos«, sagt Heinrich, und Alba verspürt einen Stich im Herzen, denn in Albarracín ist alles bescheidener, die Berge reichen gerade mal bis zu den unteren Ausläufern des Himmels.

»Das muss dir hier alles so anders vorkommen. Viel kleiner und unbedeutender …«, gibt sie enttäuscht zurück. Sie konnte noch nie lügen, ihr Gesicht ist wie durchsichtiges Glas, man sieht immer, was sie denkt. Mehr als einmal hat ihre Mutter sie dafür gescholten, aber sie weiß nicht, was sie dagegen tun soll, sie kann ihr Gesicht nicht einfach umtauschen. Deswegen blickt sie in den Himmel, in der Hoffnung, dass er es nicht bemerkt.

»Ganz und gar nicht. Du weißt, dass dem nicht so ist«, stellt er fest.

Und die Antwort ist eindeutig, mit diesem kurzen Satz ist alles gesagt, und Alba weiß nicht, was sie erwidern soll, sie ist ein Buch und er der einzige Leser.

Er küsst sie und streicht über ihr schwarzes Haar, das wallend im Gras am Ufer der Lagune liegt. Ihre Lippen schmecken frisch, unbekannt. Alba seufzt.

Sie wissen es. Sie wissen es ab dem Moment, in dem ihre Haut sich berührt und ihre Leiber dem Instinkt nachgeben. Ab dem ersten Kuss, den ersten Zärtlichkeiten, als ihre Zungen jeden Winkel vom Körper des anderen erkunden. Nach allem, was sie verbindet und trennt. An diesem Nachmittag, an dem sie sich verabredet haben, gibt Alba sich Heinrich hin und beißt sich auf die Lippen, als sie den ersten Schmerz verspürt. Sobald er es merkt, will er einen Rückzieher machen, doch sie hält ihn fest, voller Angst, sie könnte sich um den Moment bringen, den sie unbedingt erleben wollte. Heinrich bewegt sich vorsichtig weiter, bis sie beide, langsam und überwältigend, von einer Welle der Lust erfasst werden. Und das Gefühl hält noch an in ihren Brüsten, in ihrem Geschlecht, die bis jetzt im Dornröschenschlaf lagen und nun erwacht sind, und sie wird dieses Gefühl nie vergessen. Und auch nicht den kehligen Laut aus seinem Mund, der in der Lagune widerhallte und die Vögel aufscheuchte. Von jetzt an wird sie immer an diesen Moment denken, wenn sie ein Flügelschlagen hört.

Heinrich fühlt sich schuldig. Das alles lässt sich nicht mehr auslöschen. Er will es auch nicht vergessen, um nichts in der Welt, und darum fühlt er sich erst recht schuldig.

Er schlägt die Hände vors Gesicht.

Alba ist traurig, wütend auf das Leben, das sie als Fessel empfindet, auf die Wucht des Schuldgefühls. Es bohrt sich in ihre Brust wie das scharfe Messer, mit dem Francisca am Martinstag den Gänsen den Kopf abschneidet. Es ist nicht zu fassen, dass ihr Herz nicht stehen bleibt, nach allem, was sie in den letzten Tagen erlebt hat. Aber es schlägt weiter. Es pumpt weiter Blut in ihre Adern, und neben ihr liegt der Mann mit den tiefblauen Augen, die um Vergebung bitten. Wie soll sie ihm sagen, dass es nichts zu vergeben gibt?

Die Kleider liegen neben ihnen auf einem Haufen, und ganz oben glänzt Heinrichs Weste in der sommerlichen Sonne.

»Ich habe noch nie eine Samtweste gesehen«, neckt sie ihn, um ihn abzulenken. Er hebt den Kopf, und die Zärtlichkeit in seinem Blick berührt sie. »Hör zu, Heinrich. Du bist ein Mann und ich bin eine Frau. Mir gefällt es, die Welt zu entdecken, und Männer und Frauen sind Teil der Welt«, sagt Alba.

»Ich hätte dich nicht anfassen dürfen.«

»Vielleicht hast du recht. Vielleicht ist es aber auch das Beste, das uns passieren konnte.«

Ihre Küsse bringen die Worte zum Schweigen.

»Wir müssen gehen«, sagt Alba nach einer Weile.

Die Sonne gibt ihr recht, denn sie wandert bereits hinab zu den Hügeln. Es ist nach Mittag, und in La Solariega wird man sich schon fragen, wo sie bleiben.

Sie ziehen sich langsam an, die Haut der Zivilisation bedeckt wieder ihre Körper, das Korsett, dem sie für ein paar Stunden entkommen sind. Der Rückweg wird mit jedem Schritt beschwerlicher, denn sie wissen, dass sie eine Oase zurücklassen und sich nun wieder in die Wüste der Wirklichkeit begeben müssen. Sie gehen Hand in Hand, denn noch sind sie allein.

Am Flussufer bleibt Alba plötzlich stehen.

»Sieh mal, Heinrich. Da ist die Blume, von der ich dir erzählt habe, die *Saxifraga*!«

Sie deutet auf eine unscheinbare Pflanze mit einer geöffneten glockenförmigen Blüte auf einem kleinen, gerade mal eine Elle hohen Busch.

Heinrich beugt sich herab und betrachtet sie aufmerksam.

»Sie ist wie du, schlicht und zugleich stark, und ihre Schönheit nimmt einen leise, fast unbemerkt gefangen. Wir müssen ihr einen Namen geben. Und das kann nur einer sein: *Saxifraga alba.*«

Albas Augen leuchten. Sie bückt sich, pflückt sie vorsichtig und deponiert sie, eingeschlagen in Papier, in der Tasche von Heinrichs Weste, damit er sie später in ein Herbarium aufnehmen kann.

Ohne Eile gehen sie den Hügel hinunter zum Haus.

Und entfernen sich mit jedem Schritt weiter vom Paradies, in dem sie nur zu gern für immer geblieben wären.

23
Ein Abschied

Die Familie und Pater Bernardo versammeln sich in La Campana, um den deutschen Gast zu verabschieden.

»Francisca hat mir erzählt, du seist gestern den ganzen Tag unterwegs gewesen, Alba«, sagt Mercedes während des Abendessens.

»Ja, Mutter. Sei nicht böse, aber ich wollte Señor Willkomm unbedingt Los Ojos del Cabriel zeigen, bevor er uns verlässt, und es ist spät geworden.«

Wie albern, von ihm als »Señor Willkomm« zu sprechen und so zu tun, als würde sie sein wahres Wesen, seinen Blick voller Liebe und Begehren nicht kennen. Sie traut sich nicht, ihn anzusehen.

»Ihr seid allein ins Tal gegangen?«, fragt Mercedes überrascht.

»Ich habe sie begleitet, Mutter«, sagt Luisa schnell, und die Schwestern werfen sich einen kurzen Blick zu. »Wir waren am Fluss und dann … Dann …«

Sie blickt zu Alba, und die übernimmt: »Dann sind wir querfeldein gelaufen, um zu sehen, ob wir vielleicht einen Schmetterling für Luisa fangen können, aber leider hatten wir kein Glück.«

»Es war ein äußerst ergiebiger Spaziergang: Señorita Alba hat eine Blume entdeckt, die ich auf meinen Reisen durch Spanien noch nie zuvor gesehen habe, und wir konnten uns ein Exemplar sichern«, erklärt Heinrich.

»Das ist ja wunderbar!«, ruft Pater Bernardo begeistert aus. »Das ist eine Nachricht ersten Ranges für die Botanik!«

»In der Tat. Ich möchte einen Beitrag über die Blume verfassen, und mit Ihrer Erlaubnis würde ich Señorita Alba gern erwähnen und die Blume nach ihr benennen.«

»Einen Beitrag?«, fragt Mercedes.

»Es handelt sich um einen wissenschaftlichen Vortrag. Ich bin zum Internationalen Botanischen Kongress in Paris als Teil der Weltausstellung eingeladen. Ich denke, die *Saxifraga alba* hat es verdient, in Fachkreisen bekannt gemacht zu werden.«

»Das ist ja fabelhaft, welch große Ehre, Señorita Alba! Für Sie und für unser Land, und dazu auf dem bedeutendsten Parkett der Botanik«, sagt Pater Bernardo. »Das ist eine einmalige Gelegenheit.«

Alba traut sich nicht, den Blick zu heben, sie fürchtet, man würde ihr die überbordende Liebe und Freude ansehen, und ihre Mutter wüsste sofort Bescheid.

»Vielen Dank, Señor Willkomm«, sagt sie leise.

»In der Tat …«, Heinrich räuspert sich, »hatte ich

mir überlegt, dass das vielleicht eine gute Gelegenheit für Ihre Reise wäre, Señorita Alba.«

»Welche Reise?« Mercedes zieht die Augenbrauen hoch.

»Nun ja, in Paris ist doch der Jardin des Plantes, und Señor Willkomm hat sich erboten, uns durch die Stadt zu führen, wenn wir ihn während des Kongresses besuchen.«

»Außerdem wäre es mir ein Vergnügen, Sie meinen Fachkollegen vorzustellen, die ja auch dort sein werden«, bekräftigt Heinrich.

»Das wäre eine große Ehre und durchaus zeitgemäß«, fügt Alba rasch hinzu.

Mercedes blickt ihre Tochter liebevoll an und sagt vorsichtig: »Sie sind sehr liebenswürdig, Señor Willkomm. Ich muss das mit meinem Mann besprechen, aber ich halte es für eine ausgezeichnete Idee.«

Die Gäste essen und plaudern bis zum Kaffee, und danach ziehen sich Pater Bernardo und Heinrich in die Kirche zurück. Heinrich will am nächsten Tag in Zaragoza den Zug nehmen.

In der Nacht zieht sich Alba klammheimlich an und macht sich auf den Weg Richtung Kirche. In einer Kapelle im Kirchenschiff wartet, wie verabredet, Heinrich auf sie. Ihre Lippen verschmelzen zu einem langen Kuss.

»Kannst du nicht noch ein paar Tage bleiben?«

Heinrich schüttelt den Kopf.

»Es ist alles organisiert, und ich muss … Ich muss nach Prag. Dort ist meine Arbeit, mein Leben …«

»Und deine Familie. Ich weiß.«

Sie machen sich nichts vor.

»Ich muss zurück«, wiederholt er. »Vielleicht sehen wir uns in Paris?«

»Hoffentlich«, sagt Alba.

»Ich werde dir schreiben.«

»Das musst du nicht.«

»Du wirst mich sonst vergessen.«

Alba kann es nicht fassen.

»Weißt du denn nicht, dass ich dich in mir trage? Dass ich dich nie vergessen werde? Aber meinetwegen. Schreib mir langweilige Briefe, erzähl mir von deinem Leben und deinen Forschungen, aber kein Wort von Liebe«, sagt sie lachend.

»Wie meinst du das?«

»Weil aus jedem Wort die Liebe spricht. Wie bei Abaelard und Heloïse. Kennst du die Geschichte? Die beiden hatten eine leidenschaftliche Liebesbeziehung und mussten sich trennen, aber sie haben nie aufgehört, sich zu schreiben.«

Sie küsst ihn.

»Wirst du mir antworten?«

»Möglich. Aber vielleicht spare ich mir die Antwort auch auf, bis wir uns wiedersehen.«

Sofern wir uns je wiedersehen, denken beide.

Heinrich streicht ihr über die Wange.

»Ich bin ein Mann der Wissenschaft, Alba, wir

sind Geschwister im Geiste. Es gibt keine Erklärung für das, was geschehen ist, was ich für dich empfinde. Dem kann man mit Logik und Verstand nicht beikommen.«

»Folglich bin ich ein Rätsel ohne Lösung«, sagt Alba keck und zärtlich zugleich.

»Eines, dem ich den Rest meines Lebens auf die Spur kommen will.«

»Es ist kein Geheimnis, Heinrich. Du hast einfach mein Leben verändert. Du hast mir eine Welt eröffnet, die ich bislang nur erahnen konnte. Dafür werde ich dir immer dankbar sein.«

»Dankbar?«

Alba lächelt.

»Mehr als dankbar.«

Alba hat auch sein Leben verändert. Seine kleine Blume Alba aus Teruel, in deren Körper und Geist sich völlig unverbildet die Liebe widerspiegelt, die Heinrich für die Natur empfindet.

»Schenkst du mir deine Kette?«, fragt Heinrich. »Ich möchte etwas von dir bei mir tragen.«

Er fürchtet, sie könne den Vorschlag für eine Spinnerei halten, dabei ist es ihm so wichtig, ein Stück von Alba in der Tasche zu haben, es jederzeit hervorziehen und betrachten zu können. Auch in Tausenden von Kilometern Entfernung.

Ohne zu zögern nimmt Alba die Kette ab und reicht sie ihm.

Es ist ein Versprechen und eine Hoffnung.

Als Alba wieder in ihrem Zimmer in La Solariega ist, vernimmt sie im Garten Geräusche. Unter den erloschenen Fackeln ist stoßweises Atmen zu hören.

»Hallo? Ist da jemand?«

Stille. Dann Luisas helle Stimme: »Alba, ich bin nur kurz hinausgegangen, um frische Luft zu schnappen. Ich komme gleich hoch.«

Als ihre Schwester in das Zimmer zurückkehrt, sagt Alba: »Du warst nicht allein.«

»Du auch nicht.«

Es ist das erste Mal, dass die beiden Schwestern so offen miteinander reden. Ohne Wut, ohne Vorwürfe. Sie haben einfach festgestellt, dass sie keine kleinen Mädchen mehr sind, dass in dem Körper der Kindheitsgefährtin nun eine andere wohnt, eine erwachsene Fremde, die sie neu kennenlernen müssen. Neugierig sehen sie einander an. Alba fragt: »Warum hast du Mutter gesagt, du wärst mit mir und Heinrich in Valdecabriel gewesen?«

»Wenn sie erfahren hätte, dass du allein mit ihm unterwegs warst, hätte ihr das sehr missfallen. Schlimmer noch: Sie wäre sehr wütend auf dich gewesen.«

Alba zuckt mit den Schultern.

»Ich wüsste nicht, warum. Wir sind hundertmal mit Pater Bernardo im Tal gewesen, und Heinrich ist sein Gast.«

Luisa lässt einen Moment verstreichen und sagt: »Aber es ist das erste Mal, dass jemand um deine

Hand angehalten hat, und du darfst deinen Ruf nicht aufs Spiel setzen.«

»Du hast recht.« Alba setzt sich aufs Bett und hüllt sich in einen Schal. Sie zittert. »Ich muss mit Mutter reden und ihr sagen, dass ich nicht vorhabe zu heiraten, und schon gar nicht so einen wie Fernando. Oder glaubst du, sie werden mich zwingen, wie Elena?«

Zum ersten Mal im Leben hat Alba Angst. Ihr ist bewusst geworden, dass sie wirklich etwas zu verlieren hat: ihre Träume.

Luisa geht zu ihr und nimmt sie in den Arm.

»Versuch zu schlafen. Es wird sich der Moment ergeben, wo du mit Mutter sprechen kannst. Im Augenblick ist Fernando in Barcelona, und keiner wird dich auf Distanz oder unter Zwang verheiraten.«

Alba schließt die Augen. Sie hat sich immer noch nicht an die Wölfe gewöhnt, die sie mit ihrem nächtlichen Geheul aus dem Schlaf aufschrecken lassen.

24
Briefe

Von Woche zu Woche kommt ihr das Haus ohne den Patriarchen leerer und stiller vor. Müde zieht Mercedes sich früh am Abend zurück in ihr Gemach. Sie spült den Mund mit Wasser und Zitrone, flicht ihr Haar und legt sich ins Bett. Während sie das Tonikum zu sich nimmt, das der Arzt ihr verordnet hat, liest sie noch einmal den Brief, den Eduardo ihr geschrieben hat. »Meine Geliebte, ich muss noch eine Weile in Barcelona bleiben. Die Investition in die Eisenbahn hat sich zu einem Ungetüm entwickelt, das all meine Zeit auffrisst. Fernando und Ángel geben keine Ruhe, sie schleppen immer neue Investoren an, die ich dann empfangen und bewirten darf, als wäre meine Anwesenheit in der Gesellschaft von so großer Bedeutung, und dann muss ich mich noch um die Aufträge für das Eisen bei den englischen Lieferanten kümmern und um die Holzlieferungen aus dem Norden.« Mercedes lehnt sich zurück und seufzt. Ein rasselndes Geräusch steigt in ihrer Kehle auf, und sie führt das Taschentuch an den Mund.

»Ich will dir nicht verhehlen, dass ich mir ein wenig Sorgen wegen eurer Reise nach Paris mache. Ich wäre ruhiger, wenn Pater Bernardo euch begleiten würde. Aber ich habe vollstes Vertrauen in dich, Liebes, und ich werde dort zu euch stoßen, denn die Fahrt von Barcelona nach Paris ist ein Klacks, und es ist eine gute Gelegenheit, dich für meine lange Abwesenheit zu entschädigen. Wir werden ins Theater gehen und über die Champs Élysées flanieren.« Mercedes schließt die Augen und sinkt im Licht der Abenddämmerung in einen unruhigen Schlaf.

Es treffen Briefe aus Prag ein. Alba öffnet sie voller Freude, sie sind wahre Geschenke. Heinrich berichtet ihr darin von seinem Alltag, von seiner Arbeit an dem Herbarium über die Flora Spaniens, über die Botanische Akademie in Prag und die Pläne für einen kontinentalen Verbund der Naturgesellschaften. Er schreibt ihr, die *Saxifraga alba* aus Valdecabriel befinde sich konserviert in seinem Büro an der Universität, er spricht von dem mal grauen, mal strahlenden Himmel in Prag, kopiert Auszüge aus seinen letzten Artikeln für botanische Fachzeitschriften, zählt jeden einzelnen Winkel auf, den er nach seiner Abreise aus Santa Ana del Campo besucht hat. Am Schluss immer die Frage: »Wann schreibst du mir?« Alba lächelt, aber sie beantwortet seine Briefe nicht. Sie küsst sie, sie bewahrt sie auf und träumt davon, was sie ihm bei ihrem Wiedersehen alles erzählen wird.

25
Paris

Paris ist atemberaubend. Nachdem sie mit ihrer Mutter und Luisa ihr Hotelzimmer bezogen hat, besucht Alba als Erstes den Jardin des Plantes. Eingehüllt vom Duft der Blumen spaziert sie umher und kann sich gar nicht sattsehen an der Vollkommenheit der Büsche und Hecken der französischen Gartenbaumeister. Heinrich hatte recht, denkt sie. Morgen wird sie ihn treffen. Nachdem sie monatelang nur seine Briefe gelesen und seine Stimme in ihrem Kopf gehört hat und sich sehr zurückhalten musste, nicht niederzuschreiben, wie glücklich sie seine Briefe machten, wird sie ihn endlich wiedersehen. Mercedes ist nicht wohl, sie ist immer noch erschöpft von der Reise, und Luisa bleibt bei ihr. Es war nicht leicht, ihre Mutter davon zu überzeugen, sie allein zu dem Botanikkongress gehen zu lassen, aber Pater Bernardo hat ihr immer wieder versichert, dass es eine einmalige Erfahrung sei, und Mercedes ließ sich von seinen Worten schließlich erweichen. Alba weiß nicht, ob die Energie in ihren Adern durch das Freiheitsgefühl kommt, das sie empfindet, als sie sich allein durch die Straßen bewegt, oder von der Vorfreude, weil sie in ein paar Stunden Heinrich treffen wird.

Die Hitze ist schwer zu ertragen. Das Leben in der Stadt ist hart für die Bewohner. Überall Kutschen und geschäftige Menschen. Das Flanieren ist den Reichen vorbehalten; alle anderen haben es eilig. Die Wohlhabenden sind von einem Schwarm Dienstboten umgeben: Pagen, Schuhputzer, Kutscher, Kofferträger, Portiers, Dienstmädchen, Gesellschaftsdamen. Man erkennt sie sofort an ihrer blitzsauberen, makellosen Kleidung in Grau, Schwarz oder Braun, auf jeden Fall dunkel. Die Herrschaften hingegen tragen Kleider in allen Regenbogenfarben aus extravaganten Stoffen: Taft, Samt, Seide.

Der Trocadéro-Palast ist ein Juwel in der Krone der Weltausstellung, und die Leute besuchen ihn, um staunend die fantasievollen orientalisch angehauchten Stilelemente zu betrachten, die einen Kontrast zu der klassischen französischen Architektur bilden. Es heißt, sie seien von der Giralda in Sevilla inspiriert, aber die hat Alba noch nie gesehen. Ein riesiger künstlicher Wasserfall geht auf die Gärten nieder, und der Portikus ist unvorstellbar groß, als müsste ein Heer von Riesen hindurchpassen. Im Hauptgebäude flankieren zwei Türme im maurischen Stil den Patio. Auf einem riesigen Plakat steht: INTERNATIONALER BOTANISCHER KONGRESS. Sie durchquert die Eingangshalle, bis sie das Anschlagbrett gefunden hat, an dem Ort und Reihenfolge der Vorträge verzeichnet sind. Schnell hat sie den Titel entdeckt, der ihr Herz vor Freude hüpfen lässt.

Observations sur quelques plantes nouvelles ou critiques de la flore d'Espagne et des Baléares,
par M. Heinrich Moritz Willkomm.

Eingeschüchtert betritt sie die Aula, sie befürchtet, jeden Moment könnte jemand mit dem Finger auf sie deuten und sie hinauswerfen, als hätte sie als Frau nicht einmal das Recht, Männer über Wissenschaft auch nur reden zu hören. Sie beneidet sie, wie sie da in Grüppchen zusammenstehen und debattieren, sich über ihr Wissen, ihre Standpunkte und Entdeckungen austauschen, und manchmal wird es hitzig, als würden sie sich jeden Moment zum Duell fordern. Hoffentlich wird auch ihr einmal das Glück beschieden sein, auf dem Podium zu sitzen und ihre eigenen Erkenntnisse auf einem Botanikkongress präsentieren zu dürfen, und nicht nur als Zuhörerin in der Aula zu sitzen. Sie wählt einen Platz in einer der hinteren Reihen, von wo aus man aber eine gute Sicht hat. Ihr Herz rast schneller als die Lokomotive, die sie nach Paris gebracht hat. Der Saal füllt sich mit ernst dreinblickenden Herren im Gehrock, und manch einer wirft ihr einen missbilligenden Blick zu. Zum Glück sind noch ein paar andere Frauen anwesend, als Begleiterinnen der Herren oder aus fachlichem Interesse. Sie werfen einander freundliche Blicke zu und bilden inmitten der Flut von schwarzen Gehröcken eine eingeschworene Gemeinschaft in den hinteren Reihen. Am Morgen hat sich Alba einen grau-violetten Samthut geleistet, Pariser Chic. Eine Koketterie, derer sie sich plötzlich schämt. Sie klammert sich an ihr Heft wie an einen Schutzschild. Sie würde den Anwesenden zu gern sagen, dass sie heute gekommen ist, um sich die Vorträge anzuhören, aber dass sie in ein paar Jahren mit den Vortragenden am Tisch sitzen wird und dass diese dann *ihren* Worten lauschen werden. Die Referenten betreten mit ihren Aufzeichnungen das Podium und nehmen an dem langen Mahagonitisch Platz. Der letzte ist ein großer Mann mit blondem Haar und hoher Stirn.

»Und schließlich habe ich diese Spezies«, Heinrich deutet auf das Abbild einer zarten weißen Blume, »Señorita Alba Ruiz de Peñafiel gewidmet, einer ehrenwerten jungen Dame, die sich mit großem Eifer und Erfolg der Erforschung der Pflanzenwelt ihres schönen Heimatlandes verschrieben hat. Bei ihrer Erkundung der Felslandschaft Valdecabriels in Teruel hat sie unter einer Fülle seltener Arten diese noch unbekannte *Saxifraga* entdeckt, und ich schlage vor, dass wir sie ihr zu Ehren *Saxifraga alba* nennen.«

Am Ende des Vortrags erhebt er sich, und alle applaudieren. Er lächelt zufrieden. Ob sie gekommen ist? Ob sie irgendwo dort sitzt? Er nimmt seine Notizen, und die Kollegen kommen auf ihn zu, um ihm zu gratulieren. Mehrere Minuten lang ist er von einer Vielzahl Gesichter umringt und fängt bewundernde Blicke auf. Hände strecken sich ihm entgegen oder klopfen auf seine Schulter. Ein Kollege lädt ihn zum Abendessen ein, ein anderer möchte in zwei Wochen mit ihm ein Seminar unter Fachleuten bei sich zu Hause abhalten. Dafür ist er nach Paris gekommen, sein Vortrag war ein voller Erfolg. Aber er hat mehr erwartet: sie. Die Schritte verklingen, das Licht im Raum wird heruntergedimmt. Heinrich seufzt müde und nimmt seine Aktentasche. Als er den Blick über die Reihen schweifen lässt, erkennt er ihr zartweißes Gesicht, eingerahmt von dem dunklen Haar und einem violetten Hut. Sie hebt ihre behandschuhte Hand und lächelt ihm von einer Säule am anderen Ende des Raumes aus zu. Langsam nähert er sich. Als sie sich gegenüberstehen, sagt keiner ein Wort. In völligem Gleichklang setzen sie sich in Bewegung, und ihre Schritte tauchen ein in den Puls der leuchtenden Stadt. Keiner sieht das Strahlen in ihren Gesichtern.

Nach dem Liebesakt steht Alba auf und öffnet das Fenster, um die nachmittägliche Brise hereinzulassen. Sie ist schön wie ein Traumbild, denkt Heinrich.

»Wie lange bleibst du?«, fragt er.

»Zwei Wochen, dann holt mein Vater uns ab. Wieso? Ist dir die Zeit lang geworden?«, gibt Alba glücklich zurück und bedeckt ihn mit Küssen.

Durch das Fenster dringt Gelächter von der Straße in die Stille des Raums.

»Die Stadt ist ein Traum«, seufzt sie nach einer Weile.

»Wir werden sie uns gemeinsam erkunden«, verspricht Heinrich. »Und ich werde dir ein paar Mitglieder der Akademie der Naturwissenschaften vorstellen.«

Alba schmiegt ihr Kinn an seine Brust und sagt: »Ich will studieren, Heinrich, und mein Leben der Botanik widmen. Ich will die ganze Welt bereisen, die Flora eines jeden Landes erforschen. Und zugleich will ich dieses Zimmer nicht verlassen, weil ich Angst habe, dass alles nur ein Traum ist, der zerplatzt, sobald ich über die Schwelle trete.«

Heinrich drückt sie an sich.

Die Sonne geht allmählich unter, aber die Stadt ist nach wie vor hell.

»Du hast meine Briefe nicht beantwortet.«

»Ich bin die Antwort. An dem Tag, an dem ich dir schreibe, werden wir uns in Abaelard und Heloïse verwandeln, und das Papier wird zum Ort der Gefühle und Sinne werden. Doch solange …«

Sie küssen sich.

Im Schein der Straßenlampen schlängelt sich die Avenue de l'Opéra, fast wie ein lebendiges Wesen, durch die Stadt, und das helle, kalte Licht begleitet

Alba auf dem Rückweg zum Hotel. Er hat darauf bestanden, sie zu begleiten. Doch sie zog es vor, allein zu gehen.

Als sie das Zimmer betritt, wartet ihre Mutter in einem der Sessel auf sie; sie sieht erschöpft aus. Mit geröteten Wangen plaudert Alba munter drauflos. Ihr geht das Herz über, und es gelingt ihr nicht, das zu verbergen.

»Mutter, es war wundervoll! Señor Willkomm hat seinen Vortrag gehalten, und stell dir vor, er hat mich tatsächlich erwähnt, wie er es versprochen hat. Er sagte, er könne mich ein paar Mitgliedern der Akademie vorstellen, bei einem Seminar, das er für Fachkollegen gibt. Ich weiß, es ist noch etwas verfrüht, aber ich möchte dir etwas sagen. Ich habe beschlossen, dass ich an der Universität studieren möchte, in Madrid, Zaragoza oder Barcelona, und zwar Naturwissenschaften. Es ist mir egal, wo, aber ich kann ohne die Botanik nicht leben. Heute war ich so glücklich, Mutter.«

Ihre Augen leuchten.

Mercedes sieht sie traurig an. Etwas bedrückt sie.

Ihr Schweigen beunruhigt Alba.

»Was ist? Fühlst du dich überrumpelt? Du hast mir immer gesagt …«

»Nein, Liebes. Aber … Es tut mir leid, wirklich. Es bleibt keine Zeit, um über solche Dinge zu reden. Wir müssen nach Monreal zurück.«

»Was? Wieso?«

»Dein Vater hat mir ein Telegramm geschickt. Wir sollen sofort zurückkommen. Es ist etwas Schlimmes vorgefallen, und er kann uns nicht abholen. Die Rückreise wird ein paar Tage in Anspruch nehmen, und ich möchte mich so schnell wie möglich auf den Weg machen. Es tut mir leid, mein Schatz. Wir müssen zurückfahren. Du kannst mir alles später erzählen.«

»Aber was ist denn passiert, Mutter?«, fragt Alba besorgt. »Geht es Vater gut?«

»Ich weiß es nicht, Kind. Ich weiß es nicht.«

Alba lässt sich auf das Sofa sinken, weil ihre Beine versagen. Sie weiß nicht, was sie sagen soll, sie hat keine Ahnung, was sie tun kann, um dieses Schicksal abzuwenden, hatte sie doch noch vor ein paar Stunden ganz andere Pläne geschmiedet. Tränen schießen ihr in die Augen, und sie blickt aus dem Fenster hinaus auf den Boulevard, egal, wohin, Hauptsache, keiner bemerkt die Enttäuschung, die unermessliche Traurigkeit, die ihr Herz zerreißt. Wie ferngesteuert geht sie zum Schreibtisch und schreibt eine Nachricht. Ein paar knappe Worte nur, weil sie nicht denken kann, es bleibt nur Zeit für die nackte, grausame Wahrheit. »Ich muss fort. Es tut mir leid. Adiós.« In Luisas Armen weint sie die ganze Nacht still vor sich hin. Am nächsten Tag laden sie am Gare d'Austerlitz die Koffer wieder in den Zug. Sie blickt aus dem Fenster, bis Paris am Horizont immer mehr verblasst und sich in einen unerfüllten Traum verwandelt.

26
Der Fall

»Don Eduardo, Sie hier? Hatten Sie nicht ein Abendessen mit dem Baron?«

Fernando Ruiz erhebt sich. Auf seinem Schreibtisch stapeln sich zwischen dem Tintenfass und dem Briefbeschwerer in Form eines Zuges Papiere, Dokumente und Kassenbücher. Er fährt sich mit dem Taschentuch über die Stirn. Er ist völlig verschwitzt und sein Hemd ist schmutzig. Eduardo nimmt auf dem Besuchersessel ihm gegenüber Platz und stellt seinen Stock ab.

»Möchten Sie vielleicht einen Kaffee, Don Eduardo?«

»Nein danke, Fernando«, sagt Eduardo kurz angebunden. In seinem dunklen Haar ist über Nacht eine weiße Strähne aufgetaucht. Er blickt missmutig drein. Er ist wütend und verliert keine Zeit. »Mein Anwalt in Barcelona hat mich heute in seine Kanzlei bestellt und mich über ein skandalöses Gerücht mit weitreichenden Folgen in Kenntnis gesetzt: Man munkelt, die von Ihnen gegründete Gesellschaft, in die ich so viel Geld investiert habe, stünde kurz vor dem Ruin.«

»Wie bitte? Was sagen Sie da?« Fernando gibt sich schockiert. Doch sein Gebaren kann Eduardo nicht täuschen, im Gegenteil, es beunruhigt ihn noch mehr. Das ist eine Farce, die Überraschung ist gespielt. Das einzig Echte ist der Schweiß auf seiner Stirn.

»Sie haben es genau gehört, und was mich am meisten interessiert: Warum erfahre ich das nicht von Ihnen? Warum muss ich von Dritten erfahren, dass alles den Bach runtergeht? Seit Monaten, Monaten!, führe ich Ihre Investoren durch die Stadt und erzähle von Aragón und den Vorteilen der Eisenbahn. Ich verkaufe Luftschlösser und bin Ihr Helfershelfer.«

»Das ist nichts als Verleumdung, Don Eduardo, glauben Sie mir!«

Eduardo steht auf und geht durch den Raum, der ihm jetzt viel kleiner vorkommt als beim ersten Mal, wie eine hölzerne Zelle mit Vorhängen, die einem den Atem abschneidet. Man müsste die Fenster sperrangelweit aufreißen und dafür sorgen, dass ein frischer Wind den Geruch von Lug und Trug vertreibt.

»Zeigen Sie mir die Bilanzen!«

Fernando fährt sich wieder mit dem Taschentuch über die Stirn und lässt sich in seinen Chefsessel fallen.

Mercedes hat das knappe, von ihrem Mann unterzeichnete Telegramm aus Paris noch in der Tasche. Als sie La Solariega betritt, bleibt sie stehen, als hätte ihr jemand einen Keulenschlag versetzt. Die Zimmer sind dunkel, im Kamin lodert kein Feuer. Es ist eiskalt, und die Skulpturen verfolgen sie mit hämischem Blick aus dem Schatten. Sie geht in den Salon, und dort sitzt Eduardo im Sessel und starrt ins Leere. Sie kniet neben ihm nieder.

»Um Himmels willen, Eduardo, was ist passiert?«

Verzweifelt verbirgt ihr Mann sein Gesicht in den Händen.

»Wir haben alles verloren. Alles!«

Die nackte Angst steigt in Mercedes' Kehle auf.

»Was sagst du da? Was ist denn passiert?«

»Dieser verfluchte Fernando ist ein Betrüger, ein Lügner! Man hat ihn in Barcelona verhaftet. Er wird beschuldigt, sich das gesamte Geld der Gesellschaft unter den Nagel gerissen zu haben«, stammelt Eduardo.

Ihn dort wie ein Häufchen Elend sitzen zu sehen, bricht ihr das Herz, mehr noch als die vernichtenden Worte. Sie führt die Hand an den Hals. Luft, sie braucht frische Luft. Ihre Fantasie spielt ihr einen Streich, und plötzlich steht sie in den österreichischen Bergen und atmet die reine Luft. Sie tritt ans Fenster und öffnet es weit, doch der Sommer hat die Sierra noch in seinen Fängen, und es weht kein Lüftchen. Ihr Mann sitzt noch immer reglos da, den

Kopf in den Händen. Mercedes geht auf ihn zu und streichelt seine Wange. Plötzlich verschließt sich ihre Kehle, als würde jemand sie fest zudrücken. Sie kann nicht mehr atmen. Die Hand, die eben noch Eduardos Wange berührt hat, fällt kraftlos herab, und Mercedes sinkt in sich zusammen.

Erschrocken kniet Eduardo neben ihr nieder und nimmt sie in den Arm.

»Mercedes, Liebes! Mercedes!«, ruft er verzweifelt. »Zu Hilfe! Francisca! Kinder!«

Die Luft steht still und lastet wie eine Steinplatte auf den Bewohnern von La Solariega. Innerhalb von drei Tagen ist Mercedes von ihnen gegangen und hat sie schutzlos einer Zukunft ausgeliefert, die mit einem Mal tiefschwarz geworden ist. »Es war zu viel für ihr schwaches Herz«, hat der Arzt gesagt. »Geben Sie sich nicht die Schuld, Eduardo. Mercedes' Gesundheit war immer angegriffen …«

Aber Eduardo kommt von dem Gedanken nicht los, dass er die Schuld an ihrem Tod trägt. Dass seine Töchter seinetwegen als Halbwaisen aufwachsen. Sein Wehklagen hallt durch das Haus.

Stunden später holt Francisca mit den Angestellten ihren leblosen Körper aus dem Zimmer, damit der Bestatter seines Amtes walten kann. Alba und Luisa, beide in Schwarz gekleidet, begleiten den Leichnam.

27
Das Begräbnis

Hoch oben auf dem Friedhofshügel beendet Pater Bernardo seine Grabrede. Eduardos Kinder aus erster Ehe sind gekommen, um ihrem Vater Trost zu spenden, der über Nacht gealtert ist. Sein Gesicht ist vom Schmerz zerfurcht wie ein behauener Stein, und sein Gang ist schleppend. Der Trauerzug verlässt das Grab. Hinter Eduardo gehen seine Töchter und die illustren Persönlichkeiten von Monreal. Auch Mercedes' katalanische Familie ist angereist, um sich von ihr zu verabschieden.

Hier ruhen die sterblichen Überreste
von Mercedes de Cararach y Casanovas.
Verstorben am 4. Juni 1878.
Ihr untröstlicher Ehemann und ihre Töchter
widmen ihr diese Erinnerung.

Alba sitzt an ihrem Schreibtisch im Arbeitszimmer. Eine einzige Kerze erhellt die Dunkelheit. Sie ist seit Wochen in ihr Herbarium vertieft. Fieberhaft arbeitet sie. Sie kann nichts anderes tun. Sie greift nach der Feder, um in ihrem Tagebuch den heutigen Spaziergang durch das Tal festzuhalten. Die Blumen, die sie gesehen hat, die Blätter, die ihren Weg gekreuzt haben. Ihre Finger zittern, und sie ist wütend, weil ihr Körper beweint, was sie nicht wahrhaben will. Die Leere durch die Abwesenheit ihrer Mutter, die Stille im Haus ohne ihre Stimme lasten auf Alba wie ein Grabstein. Sie schreibt und kämpft gegen den furchtbaren Schmerz an, der ihr die Luft abschnürt und die Welt verstummen lässt. Hin und wieder fasst sie sich an den Hals, um zu spüren, wie das Blut pulsiert, um sich zu versichern, dass sie noch lebt, denn sie wäre am liebsten tot. Sie ringt mit sich. Als die Feder über das Papier fährt, hört es sich an wie eine Klage. Über Stunden hört man nur das Geräusch der Feder und das der Äste, die gegen die Fenster schlagen.

Das Heft ist voller Namen und Klassifizierungen, Worte als Peitschenhiebe gegen die Realität. Mercedes ist nicht mehr da. Sie wird nie mehr zurückkehren. Ihre Stimme ist nur noch eine Erinnerung. Kein Lachen mehr, für immer eine Leere im Herzen. Als Alba ihre Aufzeichnungen beendet, haben ihre Tränen sich mit der Tinte und den Worten vermischt. In einem Anflug von Zorn wirft sie das Heft auf den Boden, die Blätter flattern wie ein lahmer Vogel, dem es nicht gelingt aufzufliegen.

Sie schließt die Augen und erinnert sich an einen Sommerabend bei offenem Fenster. Von den Feldern trägt ein Wind verschiedene Düfte herein. Alba sitzt in ihrem Arbeitszimmer und trennt fein säuberlich die Pflanzenexemplare, die sie vorsichtig mit einer Pinzette aus den zarten Stoffhüllen gelöst hat. Das muss immer so schnell wie möglich geschehen, damit die Pflanze atmen kann und die Blüten und fleischigen Pflanzenteile nicht am Stoff kleben bleiben.

Mercedes kommt mit einem Buch herein, wie so oft, um ihrer Tochter still Gesellschaft zu leisten.

»Was machst du, Kind?«, fragt sie und setzt sich in einen der beiden Sessel.

Alba erwidert fröhlich: »Ich trenne die Blumen und setze sie in die Vitrine, damit sie auf dem Papier trocknen können. So kann ich sie später in die Seiten meines Herbariums einordnen.«

»Pater Bernardo ist sehr stolz auf euch«, sagt Mercedes glücklich. »Er sagt, ihr wärt mit eurem Wissen sogar ein paar Studenten voraus, die er in Zaragoza unterrichtet.« Nach einer Pause fügt sie hinzu: »Ich denke, Luisa und du, ihr habt gezeigt, dass ihr eine ordentliche Ausbildung in der Stadt verdient habt. In Madrid am besten.«

»Wirklich, Mutter?«, sagt Alba und hebt frohgemut den Kopf. »Das wäre wunderbar.«

»Ich werde das bei nächster Gelegenheit mit deinem Vater besprechen, Kleines.«

Eine Zeit lang gehen beide schweigend ihren Beschäftigungen nach: Mercedes vertieft sich in ihr Buch, und Alba löst Blüte um Blüte von den Baumwolltüchlein.

Auf der Flucht vor der Hitze fliegen summend Bienen im Arbeitszimmer umher, und ein paar lassen sich auf den Blüten nieder.

Alba macht das wütend und sie will sie vertreiben. Ihre Mutter fängt an zu lachen.

»Alba, was soll das? Die Bienen können nichts dafür, sie werden immer noch von den Blüten angezogen, und sie werden weiter hereinkommen, ganz gleich, was du dagegen unternimmst.«

Alba erwidert rebellisch: »Aber Mutter, das sind doch getrocknete Blüten! Die spenden keinen Nektar mehr, warum können sie dann nicht von ihnen lassen? Merken die Bienen denn nicht, dass sie tot sind?«

Mercedes streicht ihr übers Haar und lächelt.

»Die Bienen sind dafür gemacht. Sie können nicht anders. Sie fliegen immer zu den Blüten. Auch wenn kein Blütenstaub mehr vorhanden ist, das ist die Macht der Erinnerung.«

»Ich werde dich nie vergessen, Mutter«, wiederholt Alba. Sie hat die Arme um sich geschlungen und lässt den Tränen freien Lauf. Und mit den Tränen kommen die Gefühle hoch. Alba verlässt das Arbeitszimmer mit dem Bild und der Liebe ihrer Mutter im Herzen. In der Nacht kann sie zum ersten Mal seit Langem wieder ruhig schlafen.

28
Ein Antrag

»Guten Tag, Alba.«

»Hallo, Ángel.«

Wie jeden Nachmittag seit ein paar Monaten zieht Francisca sich zurück und lässt die beiden allein. Sie sitzen schweigend im Salon des Hauses in Santa Ana del Campo, in dem Alba als kleines Mädchen so viel Zeit mit ihren Blumen verbracht, in den Himmel gestarrt und geträumt hat. Nach dem Tod ihrer Mutter sind die Wände immer kahler geworden: Erst haben sie ein paar Bilder, dann die Skulpturensammlung und letzte Woche auf Anraten des Anwalts, der sich um die Finanzen der Familie kümmert, auch noch zwei Möbelstücke verkauft. Ihr Vater hat sich in seinem Arbeitszimmer im ersten Stock verschanzt, das er nur am Abend kurz verlässt. Will er seine Töchter nicht sehen? Oder erträgt er den Anblick des Elends nicht, das über sie gekommen ist? Alba vermag es nicht zu sagen. Jeden Abend hört sie seine Schritte auf dem Flur, er geht zu dem Schlafzimmer, das er mit Mercedes geteilt hat. Vor der Tür ein beklemmender Moment der Stille, ein kaum hörbares Schluchzen, das in jedem Winkel des leeren, stillen Hauses widerhallt, und umso mehr im Herzen der Mädchen. Nach einer Weile kehrt er in das Arbeitszimmer zurück. Er hat sich dort eine Pritsche hineinstellen lassen, auf der er zwischendurch ein wenig schläft. Jeden Morgen bringt Francisca ihm Kaffee und Brot hinauf. Mehr isst er nicht und er spricht mit niemandem.

»Entschuldigung, was hast du gesagt?«, fragt Alba.

»Ich habe gefragt, wie es dir geht.«

»Gut so weit«, erwidert sie automatisch.

»Ich habe gehört, deinem Vater soll es schlechter gehen.«

»Er ist immer noch krank vor Trauer«, gibt Alba zurück.

»Es ist ja auch alles noch sehr frisch …«

Eine Faust schließt sich um Albas Herz. Er hat es nicht ausgesprochen, aber das brauchte er auch nicht. Noch sehr frisch, der Tod ihrer Mutter, als wäre es gestern gewesen. Der Tod ihrer Mutter. Dabei sind schon Monate vergangen. Wann wird das aufhören? Ein Anflug von Wut steigt in ihrer Kehle auf, und sie weiß nicht, gegen wen sie sie richten soll. Stattdessen sagt sie: »Möchtest du einen Tee? Oder ein Glas Wein?«

Ohne die Antwort abzuwarten, steht sie auf, um nach Francisca zu rufen.

Ángel zögert einen Moment und sagt: »Vielleicht sollte ich besser gehen.«

»Nein, warte«, sagt Alba unvermittelt.

Sie sieht den jungen Mann an, als würde sie ihn erst jetzt wahrnehmen. Ihn und seine ruhige Stimme, die sie während der endlosen Stunden der Trauer an den Nachmittagen begleitet hat. Ihre Gespräche über ihre Blumensammlung, über die Ernte von den Feldern um La Solariega, über den Regen und die Sonne: über all die Dinge, die nicht traurig waren und die sie nicht daran erinnerten, dass sie ihre Mutter verloren hatte.

»Ich möchte dir nicht zur Last fallen. Besser, ich komme morgen wieder«, sagt Ángel und greift nach seinem Hut.

Alba geht zum Fenster. Sie schließt die Augen. Die Zeit hat keine Bedeutung mehr in La Solariega. Sie hat sie ausgeklammert, sie zieht vorbei oder kommt nie an. Die Zeit ist für Menschen, die leben, und alle im Haus sind ein wenig mit Mercedes gestorben. An dem Fenster hatte Alba Stunden verbracht, die Ellbogen auf die Fensterbank gestützt, und die Vögel betrachtet, die Pflanzen und Sträucher und das pulsierende Leben. Als alles noch ein Spiel war. Jetzt betrachtet sie verzweifelt das strahlend blaue Rechteck, auf der Suche nach einem Zufluchtsort, an dem sie der Wirklichkeit entfliehen und überwintern kann. Wenn sie sich ganz still verhielte, würde vielleicht alles vorbeiziehen, wie die Zeit.

»Aber nein, Ángel. Es tut mir leid«, sagt sie und fährt sich mit der Hand über die Stirn. »Deine Besuche tun mir gut, das weißt du.«

Sie ist selbst überrascht, sich das sagen zu hören, aber es stimmt.

Der junge Mann kommt pünktlich jeden Nachmittag. Er plaudert ein wenig mit den Schwestern, trinkt einen Kräuter- oder eine Tasse Schwarztee, bringt Kuchen oder Gebäck oder eine Flasche Wein mit, kleine Geschenke, mit denen er sie um Verzeihung bitten will, als könnte man durch Opfergaben die Absolution erlangen. Keiner hat die Kraft gefunden, ihn hinauszuwerfen. Und mit der Zeit ist Ángel zu einer Konstante im Leben der Schwestern geworden. Zunächst wurden ihm die Türen des Hauses mit Befremden, dann aus Gewohnheit und Zuneigung geöffnet, und Alba hat sich als Erste an seine stille Anwesenheit gewöhnt. Ángel ist ein Trost für sie, auch wenn sie es anfangs nicht gemerkt hat. Wenn ihr Vater noch der Patriarch von früher wäre, hätte Ángel sich vielleicht nicht getraut, sie am Tag nach der Beerdigung aufzusuchen, zumindest denkt Alba das. Doch Eduardo streift nur durch das Haus, wenn sich niemand im Salon aufhält, als würde er immer noch seine Frau suchen. Er ist Ángel nie begegnet, er tut so, als ob er nicht wüsste, wer er ist. Oder er meidet ihn absichtlich.

Ángel hält mitten in der Bewegung inne und starrt auf seine Hände, als könnte er darin den Mut zum Weitersprechen finden. Er ähnelt einer klassischen Statue, einer modernen Version des zweifelnden Menschen.

Schließlich sagt er: »Mein Bruder Fernando ist nach Kuba gereist. Um seinen Schuldenberg abtragen zu können, will er dort sein Glück versuchen. Es ist kein guter Zeitpunkt, aber ihm ist nichts anderes übrig geblieben. Entweder das oder …«

Bei dem Namen Fernando verdunkelt sich Albas Blick, als hätte ein eisiger Wind sie erblinden lassen. Entweder Kuba oder ein ehrenvoller Tod durch Kopfschuss oder aufgeschnittene Pulsadern, auch wenn sein Tod nichts wiedergutgemacht hätte. Erstaunt stellt sie fest, dass sie sich wünscht, Fernando wäre tot. Rachegelüste. Sie tritt aus sich heraus und analysiert von außen mit aseptischer Neugier die Heftigkeit ihres Wunsches. Ein Tod für einen anderen, Auge um Auge, Zahn um Zahn. Der Schmerz oder das Korsett schnüren ihr die Brust zu. Sie steht auf und holt ein Tablett mit einer Wasser- und einer kleinen Weinkaraffe von der Anrichte. Sie gießt von beidem etwas in ein Glas und reicht es Ángel.

»Verzeih, du weißt, ich kann dir nichts anderes anbieten.«

»Bitte, Alba, du musst dich nicht entschuldigen.«

Ángels Blick wandert von dem Glas mit dem verdünnten Wein zu Albas Schuhen, zu dem verschlissenen Teppich, der längst hätte ersetzt werden müssen, durch den Salon, der immer mehr an Glanz verliert. Dem Mädchen ist nur noch sein Stolz geblieben. Alles um sie herum kündet von Geldnot. Sie sind noch nicht völlig verarmt, auf dem Land ist man nicht so schnell ruiniert, in der Stadt werden Vermögen über Nacht vernichtet. Auf dem Land bleiben einem immer noch die Windmühle, die Hühner, eine Kuh, das ein oder andere Schwein, man hat Fleisch oder Brot zu essen, auch wenn man kein Geld hat. Aber das Elend wird kommen. Es beginnt kaum merklich, mit einem abgenutzten Boden, Schuhen mit allzu dünnen Sohlen, immer wieder reißenden, hastig geflickten Strümpfen, irgendwann steigt die Armut hoch, und die einst seidenen Hemden kratzen auf der Haut, weil sie nur noch aus grober Baumwolle oder Leinen sind. Alba führt die Hand an den Hals, wo sie früher die Kette trug, die ihre Mutter ihr geschenkt und die sie an einem Sommerabend weitergegeben hat, in dem anderen Leben, in dem sie davon träumte, Botanik zu studieren und Wissenschaftlerin zu werden.

»Aber *ich* kann«, sagt Ángel plötzlich.

Alba sieht ihn fragend an. Ein Lächeln huscht über ihr Gesicht. Sie spürt, dass sich ein weiteres Mal alles ändern wird.

»Was meinst du?«

»Ich kann dir etwas Besseres bieten.«

»Ángel … was redest du da?«

Dabei weiß sie es längst, sie kennt die Worte, die gleich durch den Salon ihres Elternhauses schweben und ihrem Leben eine Wendung geben werden, ohne dass sie es verhindern kann. Und sie weiß nicht, ob sie die Worte hören, ob sie überhaupt eine neue Chance haben, ob sie neue Hoffnung schöpfen will. Sie hat nicht den Mut, wieder an etwas zu glauben. Sie ringt die Hände, bis sie um die Knöchel blutleer sind.

»Alba, mein Bruder hat viel Schmerz und Schaden verursacht«, sagt Ángel mit gesenktem Kopf. »Ich kann nicht für all seine Lügen und krummen Geschäfte geradestehen, aber ich kann versuchen, das Leid zu lindern. Und denen zu helfen, die meinem Herzen nahestehen«, sagt er, und sein Blick ist wie eine zärtliche Geste.

Ángel betrachtet ihr versteinertes Gesicht, den schwarzen Kragen ihres Trauerkleides. Ihre Augen, deren Blick auf den Boden gerichtet ist.

»Man hat mir eine Richterstelle in Mérida angeboten. Innerhalb der nächsten drei Monate werde ich umziehen und mich dort niederlassen. Vielleicht kehre ich nicht mehr nach Teruel zurück, und ich bin gekommen, weil ich um deine Hand anhalten möchte. Selbstverständlich werde ich deinen Vater nicht übergehen, aber ich wollte zuerst mit dir sprechen. Ich möchte dein Einverständnis. Dein Jawort. Ich liebe dich.«

Alba steht auf und geht zum Fenster. Ihre schlanke tiefschwarz gekleidete Gestalt vor dem blauen Himmel erinnert an einen Baum, der tief in der Erde verwurzelt ist und nicht ausbrechen kann.

Doch Ángel gibt nicht auf.

»Alba, ich weiß, du hast weit mehr verloren als eine Mutter, dein Leben ist ohne Mercedes nicht mehr dasselbe. Ich weiß nicht, ob es richtig war, aber ich musste dich einfach besuchen, mehr Zeit mit dir verbringen, dir all den Trost spenden, den ich zu geben vermag. Ich fühle mich verantwortlich für das, was mein Bruder getan hat.«

»Du trägst keine Schuld«, erwidert sie. Und das empfindet sie auch so. Sie kämpft gegen das Gefühl, das Ángels Worte in ihr auslösen. Sie will nicht noch einmal ihre Hoffnung in etwas setzen, aber es ist, als ob ein Same keimt und unaufhaltbar Wurzeln bildet.

»Ich danke dir für diese Worte«, sagt Ángel leise. »Ich verspreche dir, an meiner Seite wirst du ein angenehmes, sorgenfreies Leben haben. Du kannst tun und lassen, was du willst. Ich erinnere mich noch gut an den Abend vor vielen Jahren, als ich dich zum ersten Mal gesehen habe. Du hast so gestrahlt, als du von deinen Blumen und den botanischen Gärten sprachst, von Orten, von denen ich nicht einmal geträumt hatte. Mein Bruder Fernando hatte bereits ein Auge auf dich geworfen, und als er mir gesagt hat, er wolle um deine Hand anhalten, habe ich mich nicht getraut, mich dir zu offenbaren, aber an jenem Abend hast du mir den Verstand geraubt, Alba. Seitdem bist du mir nicht mehr aus dem Kopf gegangen. Ich will dich wieder so glücklich sehen wie an jenem Abend.«

Alba senkt den Kopf, und Ángel braucht eine Weile, bis er merkt, dass sie leise weint.

»All die Tage, an denen du mich besucht hast …«, stammelt sie.

»Ich wollte bei dir sein. Ich wollte dich um Verzeihung bitten«, sagt Ángel glühend.

Nach langem Schweigen fragt Alba, ohne sich umzudrehen: »Und ich darf mich weiter der Botanik widmen?«

»Natürlich.«

Alba dreht sich um. Trotz der Tränen lächelt sie.

»Ich danke dir, Ángel. Von ganzem Herzen. Du musst nicht mit meinem Vater sprechen, zumindest nicht, um ihn um Erlaubnis zu bitten. Ich nehme deinen Heiratsantrag an. Sag mir, wann wir nach Mérida aufbrechen, ich komme mit dir.«

Ángel steht auf, er kann es kaum glauben. Er geht auf Alba zu, streckt den Arm aus und legt seine Hand auf ihren Unterarm. Eine etwas ungelenke, aber aufrichtige Geste. Er möchte sie küssen, aber es ist, als fürchte er, den Zauber zu brechen, die Magie des Augenblicks zu zerstören, in dem die Frau, von der er so lange träumte, seinen Antrag angenommen hat.

»Alba …«

Wortlos bietet Alba ihm ihre Lippen dar, und Ángel küsst sie scheu.

»Ich komme morgen wieder«, sagt er.

Als Ángel geht, bleibt Alba am Fenster stehen und blickt hinaus. Sie merkt erst, dass sie nicht allein ist, als sie Luisa fragen hört: »Bist du dir sicher, Schwesterherz?«

Sie fragt nicht nach, wie viel sie von dem Gespräch mitgehört hat. Vielleicht nur ihre Antwort, aber vielleicht hat Luisa auch die ganze Zeit in einer Ecke gekauert und gelauscht, wie früher als Kind. Alba meint: »Es ist das Beste für uns, und Ángel ist ein feiner Kerl.«

»Liebst du ihn?«

»Ich glaube, nach allem, was passiert ist, habe ich das Recht, ein neues Glück für mich zu schmieden. Für uns, meine ich, denn ich werde dich nicht im Stich lassen. Und wenn Ángel Wort hält, kann ich mich wieder der Botanik widmen … Das Leben hat uns wieder, Luisa.«

Ihre Worte sind Ausdruck ihres sehnlichsten Wunsches.

Luisa geht auf sie zu und umarmt sie wortlos. Für einen Moment betrachten die beiden Schwestern die Sierra de Albarracín am Horizont wie früher, als die Zukunft lediglich ein Versprechen war.

Am Abend geht Alba ins Arbeitszimmer. Es riecht nach getrockneten Blüten und konservierten Schmetterlingen, die Luft ist erfüllt von Müdigkeit und Schmerz. Sie öffnet die Fenster, damit die Nachtluft die Traurigkeit fortweht. Sie nimmt den Schlüssel zu einer der Schreibtischschubladen. Die letzten Seiten, auf denen sie die Umrisse einer Pflanze aus dem Tal gezeichnet hat, liegen noch genauso da, wie sie sie zurückgelassen hat. Der Wind im Garten leistet ihr Gesellschaft.

Alba geht zum Regal und nimmt eine Holzkiste

heraus. Sie klappt sie auf und nimmt, einen nach dem anderen, Heinrichs Briefe heraus. Sie legt sie auf den Schreibtisch, an dem sie einmal davon geträumt hat, Wissenschaftlerin zu werden. Sie sind ungeöffnet, die Worte eingeschlossen in den Umschlägen, das weinrote Siegel ungebrochen. Ihr Name, Alba Ruiz de Peñafiel, steht darauf, in der sorgfältigen Schrift der Hand, die einst ihren Körper berührt und sie davon überzeugt hat, dass sich alle Türen für sie öffnen würden. Der Name des Dorfes, die Anschrift von La Solariega, alles scheint einer weit entfernten Vergangenheit anzugehören. Aber um ein neues Leben beginnen zu können, muss man die Träume des vorherigen hinter sich lassen.

Beim Tod ihrer Mutter, als ihre Welt zusammenbrach, konnte Alba erst aufhören zu weinen, als sich der Schmerz in Hass verwandelte. Hass auf das Glück, das sie an Heinrichs Seite empfunden hatte. Hass auf ihre Träume, auf das Versprechen eines Lebens umgeben von Blumen, eines Lebens, das ganz der Botanik und ihrer Zukunft als Wissenschaftlerin gewidmet war. Hass auf das Lügengebäude, aus dem ihr Leben bestanden hatte, bevor die Wahrheit alles zerstörte. Mercedes' Tod hat ihr Herz leer gefegt. Doch selbst an den Tagen tiefster Verzweiflung wusste sie, dass der Tag kommen würde, an dem die Einsamkeit aufhören, an dem das Leben mit der Kraft einer neuen Blume wieder zwischen den Steinen erblühen würde. Und jetzt ist dieser Tag gekommen.

Im Laufe der Monate hat sich die Wunde unmerklich immer mehr geschlossen. Bis sie an einem Tag gar nicht daran dachte, dass Mercedes nicht mehr da war. Als sie es bemerkte, schämte sie sich. An einem anderen stellte sie überrascht fest, dass sie immer wieder irritiert auf die alte Uhr im Salon blickte, weil Ángel ungewöhnlich spät kam. Heute ist ihr Herz aufgeblüht. Es schlägt wieder mit alter Kraft und voller Zuversicht.

Die Briefe, die Alba nun sorgfältig öffnet, sind Teil der Vergangenheit, aber sie fürchtet, beim Lesen könnte sich ein einzelnes Wort aus dem papiernen Gefängnis lösen und sie wieder in den Abgrund der Traurigkeit ziehen. Aber sie muss es tun, so wie die Bienen sich auf die toten Blumen setzen, weil sie sich erinnern und es ihrer Natur entspricht. Es ist die Macht der Natur. Alba kniet nieder, umgeben von Briefen, und beginnt zu lesen. Träume, Versprechen, Sehnsüchte. In der Nacht kehrt Heinrich Willkomm zurück, um ihr Gesellschaft zu leisten. Als der Schein der aufgehenden Sonne durch die Fenster dringt, ist sie guten Mutes. Sie ist eine Frau, die gelernt hat, dem Schmerz die Stirn zu bieten und Kraft aus ihm zu schöpfen.

Ihr neues Leben wird aus der Asche der Frühlingsträume entstehen.

29
Das Medaillon

15. Oktober 1888

Alba stellt den Brautstrauß auf den Tisch. Sanft fährt sie mit der Hand über die Schrift auf dem gefalteten Papier, über ihren Namen, geschrieben von dem Mann, der ihr Liebhaber gewesen ist. Heute wird sie Ángel Ruiz heiraten, und ihr Leben wird neu beginnen. Sie hat Angst, die Nachricht zu lesen, die Tür zur Erinnerung an Heinrich Willkomm wieder aufzustoßen. Doch es ist, als ob die Vergangenheit sich weigerte, einfach weggesperrt zu werden, und gegen ihren Willen rebellierte.

Sie hält das Medaillon in der Hand und schließt die Augen.

Es klopft an der Tür. Sie antwortet nicht. Sie will von der Außenwelt nichts wissen, sie möchte für immer in diesem Moment verharren, mit dem Medaillon in der Hand und dem Brief, den sie unbedingt lesen und zugleich am liebsten verschwinden lassen würde, und dem Strauß mit den weißen Blüten, der letzten Erinnerung an den Sommer der Liebe.

Die Tür geht auf. Es ist Luisa.

Alba schaut auf. Sie braucht ihre Schwester nur anzusehen, den angespannten Ausdruck in ihrem Gesicht, den Brief und das Medaillon in ihren Händen, den auf dem Tisch abgelegten Blumenstrauß, und sie weiß Bescheid.

»Ist das von ihm?«

»Heute ist mein Hochzeitstag«, sagt Alba in die Leere hinein, »und ausgerechnet heute …« Sie lässt den Brief auf den Boden fallen. »Ich kann nicht, Luisa. Ich kann das Leben nicht führen, das ich Ángel versprochen habe, wenn ich diesen Brief lese.«

Ihre Schwester schüttelt den Kopf.

»Im Gegenteil. Du kannst ihm nicht Treue schwören, wenn du nicht weißt, was in diesem Brief steht, ohne dir klarzumachen, dass in diesem Brief die Vergangenheit steckt und dass dich unten die Zukunft erwartet.«

Alba umfasst ihre Knie und kauert reglos auf dem Stuhl.

»Nein.«

»Wenn du ihn nicht lesen willst, mache ich das«, sagt Luisa entschlossen.

Sie hebt den Brief auf, und ihre helle Stimme erklingt im Raum, als sie beginnt, Heinrich Willkomms letzten Brief zu lesen.

Ein Gefühl hoffnungsloser Liebe überwältigt sie. »Als ich Dich nicht mehr sehen konnte, habe ich anfangs nur an die gemeinsamen Momente gedacht, die uns für immer verwehrt bleiben. Jetzt bin ich nur noch dankbar für das, was uns widerfahren ist.« Er werde sie nicht vergessen, schreibt er. »Deine Erinnerung begleitet mich auf Schritt und Tritt …« Er wünsche ihr alles Glück der Welt für ihr neues Leben. »Pater Bernardo hält mich auf dem Laufenden. Ich freue mich für Dich, Alba.« Und er endet mit einer Bitte: »Ich schreibe Dir wie Abaelard Heloïse. Erinnerst Du Dich? Schreib mir, Alba, es bleibt uns nur noch, aus Distanz und Schweigen eine neue Sprache zu erschaffen, mit der wir unser Gespräch fortsetzen.«

Es folgt ein langes Schweigen, und keine traut sich, es zu brechen.

Am Ende wischt Alba sich die Tränen aus dem Gesicht und sagt: »Unser Leben wird vielleicht nicht das sein, von dem wir geträumt haben, aber das heißt nicht, dass wir unsere Träume begraben müssen, Schwesterherz.«

Luisa umarmt sie.

Alba setzt sich an den Schreibtisch.

Auf dem Flur sind Schritte zu hören.

»Ist alles in Ordnung, Señorita?«, fragt eine Stimme.

»Ja. Ich komme gleich«, sagt Alba.

Sie zieht die Schublade auf, entnimmt ihr Papier und den Füllfederhalter und beginnt zu schreiben.

Lieber Heinrich,
heute ist mein Hochzeitstag. Ich werde nicht auf das verzichten, was ich am meisten liebe: die Botanik und Dich. Ich weiß, dass wir uns nie mehr wiedersehen werden, aber genauso weiß ich auch, dass Du immer bei mir sein wirst. Erzähl mir von den Gärten in Wien, von Prag und seinen Wolken, berichte mir von Deinen Forschungen, und lass uns gemeinsam die Schönheit der Blumen erleben.

Epilog

Die Luft in Mérida ist sanft, völlig anders als das raue Klima in Teruel. Alba genießt das kühle Wasser aus der Karaffe, die das Hausmädchen gebracht hat, um die beginnende Sommerhitze zu lindern. Sie stellt ihre Reisetasche auf dem Bett in dem großen Zimmer ab und sieht sich um. Die Wände sind in hellen, fröhlichen Farben gehalten, die Vorhänge haben ein zartes Blumenmuster, und sie streicht zärtlich mit der Hand darüber.

Hinter den Fenstern erstrecken sich Felder bis zum Horizont, hier und da, wie durch eine Laune der Götter verteilen sich Wäldchen. Auf der Fahrt hat sie Narzissen, Oleander, Basilikum, Heidekraut und ein Dutzend anderer Arten gesehen, deren Namen sie noch nicht kennt und die ihr Botanikerherz haben höherschlagen lassen. Sie kann es kaum erwarten, zu einem Spaziergang durch die Täler aufzubrechen.

Sie öffnet eine der beiden Türen im Raum und betritt das Bad, modern ausgestattet, wie Ángel es ihr versprochen hat: mit warmem Wasser und einer riesigen Kupferwanne, in der ihr eine der Zofen gerade ein Bad einlässt.

»Ich bin gleich fertig, Señora«, sagt sie.

Alba schüttelt lächelnd den Kopf.

»Keine Eile, ich will erst noch auspacken.«

Sie kehrt ins Schlafzimmer zurück und öffnet vorsichtig einen der Koffer. Noch bevor sie ihre Kleider in den großen Schrank aus mit Schnitzereien verziertem Holz hängt, packt sie ihre Herbarien und Botanikbücher aus. Mit den Büchern in der Hand geht sie zu der anderen Tür und wirft einen Blick in den Raum. Die schweren Bände fallen zu Boden.

»Gefällt es dir?«, fragt Ángel, der gerade den Raum betreten hat, und legt seine Hände auf ihre Schultern.

Mit leuchtenden Augen dreht Alba sich um.

»Das ist ja mein Arbeitszimmer aus La Solariega! Die Möbel, die Vitrinen, der Stuhl, der Schreibtisch … exakt wie in Teruel!«

Ángel nickt.

»Ich dachte, es würde dir gefallen. Für dich beginnt ein neues Leben, aber deshalb musst du ja nicht vergessen, was dich glücklich macht. Ich habe es dir versprochen, erinnerst du dich?«

Ungläubig sieht Alba ihn an. Sie würde am liebsten laut loslachen, sie hat das Gefühl, ein Schwarm Bienen würde über ihre Haut krabbeln und sie kitzeln. Unfassbar, dass man so glücklich sein kann, so wahnsinnig glücklich. Ihr ist schwindelig, die freudige Überraschung und der Schmerz der Vergangenheit verschmelzen zu einem Moment der Vollkommenheit.

»Ja. Das hast du mir versprochen.«

»Ich muss jetzt gehen, aber in einer Stunde bin ich wieder da, und dann essen wir gemeinsam zu Abend, ja?«

»Gut«, sagt Alba lachend.

Als Ángel geht, hebt sie die beiden Bücher auf und verstaut sie im Holzregal. Nach und nach stellt sie vorsichtig die kleinen Glaskästen mit den konservierten Blumen in die Vitrine. Die Herbarien finden ihren Platz auf dem Schreibtisch, und die Hefte kommen auf die linke Seite. Heinrich Willkomms Briefe und das Medaillon legt sie in die Schublade. Die Erinnerungen haben ihren Platz, auch wenn sie nicht mehr über die Gegenwart bestimmen. Sie ist willens, so starke Wurzeln zu schlagen, dass die Steine brechen, wie die *Saxifraga alba*. Sie ist bereit, sich ein Leben von neuer, pulsierender Schönheit zu erschaffen. Ich werde meinen Weg im Leben wählen und ihn mit Blumen säumen.

Anmerkung der Autorin

Meine Träume gehörten mir allein, sie brauchte ich gegenüber niemandem zu rechtfertigen; sie waren meine Zuflucht, wenn ich verärgert, und mein höchstes Vergnügen, wenn ich unbeschäftigt war.

Mary Wollstonecraft Shelley

Wie die Leserinnen und Leser meiner früheren Romane wissen, verbinde ich gern historische Figuren und ihre Lebensumstände mit fiktiven Geschichten, die eine reale Grundlage haben oder frei erfunden sein können. Ich halte mich da an das Privileg des Historikers, das der weise Historiker Jacques Le Goff so formuliert hat: »Die Geschichte lässt mannigfaltige Wahrheiten zu.« Im vorliegenden Roman wollte ich die Geschichte einer zweifachen Liebe erzählen: der Liebe eines jungen Mädchens zur Botanik im 19. Jahrhundert, welche auf realen Tatsachen basiert und von der Botanikerin Blanca Catalán de Ocón y Gayolá inspiriert ist, die im 19. Jahrhundert in Teruel lebte – und der Romanze zwischen der Protagonistin und einem deutschen Wissenschaftler, die komplett erfunden ist und allein auf der schriftstellerischen Freiheit fußt, die Wirklichkeit in Träume zu verwandeln und die Leserinnen und Leser daran teilhaben zu lassen.

Wenn eine Schriftstellerin in die Vergangenheit eintaucht, entwickelt sie, unabhängig vom Umfang des gesammelten dokumentarischen Materials, zwangsläufig Gefühle für die Figuren, die an ihrem inneren Auge vorbeiziehen, ob sie nun fiktiv oder real sind. Bei dem vorliegenden Roman und zweifellos auch angesichts der aktuellen Geschehnisse in Spanien ist es mir mit den großartigen Frauen jedenfalls so ergangen, die mir trotz ihrer wertvollen Beiträge zum wissenschaftlichen Fortschritt nahezu unbekannt waren. Von einigen habe ich am Anfang des Buches Zitate vorangestellt, aber es sind so viele, dass ihre Namen zahllose Seiten noch ungeschriebener Bücher über die Geschichte der Wissenschaft füllen würden: Wenn wir alle wissen, wer Descartes, Rousseau oder Newton war, warum kennen wir dann Mary Anning nicht, Paläontologin und Entdeckerin bedeutender Fossile im 19. Jahrhundert? Oder die Naturforscherin Maria Sibylla Merian, die trotz Malariaerkrankung weiterarbeitete und deren vorzügliche Zeichnungen der Flora und Fauna Surinams uns heute noch faszinieren? Oder Émilie du Châtelet, Physikerin, Mathematikerin und Philosophin, die im 18. Jahrhundert Isaac Newton ins Französische übersetzte und den wunderbaren Satz sagte, mit dem ich meinen Roman enden lasse? Oder hier in Spanien die Ärztin und Genetikerin Jimena Fernández de la Vega, eine der ersten Frauen, die an einer galicischen Universität studierte? Und natürlich Blanca Catalán de Ocón y Gayolá, der das große Verdienst zukommt, sich aus eigenem Antrieb zu einer großartigen Botanikerin herangebildet zu haben, unterstützt von ihrer Mutter und einem Umfeld, das ihre wissenschaftliche Neigung verstand und förderte.

Wenn wir eine imaginäre Linie ziehen, ausgehend von einer der ersten Philosophinnen wie Hypatia von Alexandria über die Heilkundige Trota von Salerno, die im 11. Jahrhundert an der Medizinschule von Salerno lehrte, über die Aristokratin und Wissenschaftlerin Margaret Cavendish, der man im 17. Jahrhundert noch den Zutritt zur Royal Society verwehrte, hin zu der deutschen Astronomin Maria Margaretha Kirch, der italienischen Mathematikerin Maria Gaetana Agnesi oder ihrem britischen Pendant Ada Lovelace, um nur eine Handvoll bedeutender Wissenschaftlerinnen zu nennen, würde die Geschichte der Wissenschaft wohl einer anderen Erzähllinie folgen, die vielleicht nicht anders, aber doch reichhaltiger wäre, denn sie berücksichtigte den großen Beitrag all der Frauen, die aufgrund ihres Geschlechts in den Aufzeichnungen der wissenschaftlichen Entdeckungen ungenannt blieben. Ich möchte eines klarstellen: Ich will hier nicht einer Neuschreibung der Geschichte das Wort reden. Aber wenn man die Vergangenheit verstehen will, ist es notwendig und wünschenswert, sie aus allen verfügbaren Blickwinkeln zu betrachten. Eine Geschichte, die nur von einer einzigen Stimme erzählt wird, erscheint mir höchst zweifelhaft. Vielleicht ist das eine Mammutaufgabe, aber wir Frauen haben in der Vergangenheit bereits größere Herausforderungen bewältigt.

Danksagung

Das vorliegende Buch würde ohne Lucía Luengo und ihre Energie und ständige Ermutigung nicht existieren. Auch Patricia Escalona hat das Auf und Ab und die Kreativitätsschübe mit einmaliger Geduld ertragen. Auch mit Justyna Rzewuska habe ich über das Buch gesprochen, die das Talent hat, zuzuhören und mit zwei klaren Sätzen all meine Zweifel auf einen Schlag zu beseitigen. Es war eine große Herausforderung, die ich ohne die drei nicht so gut gemeistert hätte – zumindest hoffe ich, dass die Leserin oder der Leser zu dieser Einschätzung kommt.

Ein Dank gilt immer auch Joan Eloi Roca, der an einem bestimmten Punkt der thematischen Vorbereitung auf dieses Buch gesagt hat, ich solle mich nicht in Details verlieren, sondern endlich anfangen zu schreiben, denn nur so würde ein Buch irgendwann das Licht der Welt erblicken. Ich hoffe, ich enttäusche ihn nicht.

© PRHGE

Die Autorin

Claudia Casanova, geboren 1974 in Barcelona, absolvierte ein Wirtschafts- und Übersetzungsstudium und veröffentlichte bereits drei historische Romane. Nach verschiedenen beruflichen Stationen als Lektorin und Übersetzerin arbeitet sie heute beim Verlag Ático de los Libros in Barcelona.

Die Übersetzerin

Sabine Giersberg, geboren 1964 in Bonn, studierte Lusitanistik und Hispanistik in Mainz. Sie übersetzt Literatur aus dem Spanischen und Portugiesischen, u.a. Autoren wie Marcelo Figueras oder Juan Carlos Onetti. 2017 erhielt sie für ihre Übersetzungen den Helene-Hecht-Preis der Stadt Mannheim.

